AF417705

# Manfred

◆

# Cain

# Lord Byron

# Manfred

◆

# Caín

EDICIÓN, PRÓLOGO Y NOTAS
E. EHRENDOST

Editorial Alastor

Lord Byron
   Manfred / Caín
   1ª ed. - Buenos Aires: Editorial Alastor, 2011
   Edición para Amazon: Editorial Alastor, 2020
   160 p.; 19,84 x 12,85 cm.

   ISBN 978-987-26668-0-4

   1. Teatro inglés   I. Lord Byron   II. Título
   CDD 822

Traducciones: E. Ehrendost
Diseño: E. M. B.


Ilustración de cubierta:
   *Manfred y la hechicera de los Alpes*
   de John Martin (1789-1854)

# PRÓLOGO

Mit Byrons Manfred muss ich tief verwandt sein:
ich fand alle diese Abgründe in mir.

Friedrich Nietzsche. *Ecce Homo*.

[«Con el Manfred de Byron debo de estar profundamente emparentado:
todos esos abismos los he encontrado dentro de mí.»]

# I

¡Cuán solo y desesperado debe de encontrarse el hombre a quien la naturaleza otorga un espíritu que supera en nobleza, altura y singularidad al del común mortal, una inteligencia cuya misma profundidad lo vuelve el más sensible al dolor y a una dicha intelectual que con ningún ser puede compartir, una mente cuya enormidad, capaz de comprender el universo, pero incapaz de ser comprendida por nadie ella misma, lo condena a morar eternamente al otro lado de un vasto abismo, apartado, por mucha que pueda ser la cercanía física y social, del resto de los hombres, por los cuales se ve ignorado, odiado, temido o injuriado, tan invisibles son para ellos sus capacidades, grandezas y aflicciones, y tan aborrecibles y espantosas cuando visibles e innegables! Tal el espíritu del héroe (o *antihéroe*) byroniano: el hombre superior que no logra adaptarse a un mundo que le resulta demasiado bajo, y que debe por consiguiente alejarse, enfundado en orgullosos mantos de desprecio y desidia, hacia una desolación; el hombre lleno de aspiraciones que, fatalmente condenado por poseer una naturaleza muy distinta a la de los comunes mortales, a los que desdeña, se vuelve el más extremo tanto para el bien como para el mal, el más generoso y liberal, el único capaz de verdadero amor y de enormes sacrificios frente a las almas mezquinas y egoístas de los hombres pequeños y mediocres, pero, a su vez, el más osado, agresivo y arrogante, el más apto para crear nuevos valores, o para rescatar antiguos, haciendo frente a la moral establecida y a la opinión social; el hombre indómito, feroz, seguro de sí y orgulloso, maldito, temido, rehuido y excomulgado por los pastores de masas y sus rebaños; el hombre cuya misma grandeza lo vuelve inútil para las cosas ordinarias y es así a menudo objeto de escarnio o incomprensión para las multitudinarias naturalezas vulgares; el hombre que, ansioso por derrochar su excedente de fuerzas venciendo resistencias, toma sobre sus hombros, como si se tratase de un juego, las más terribles privaciones, pruebas, sacrificios y causas, haciendo del sufrimiento, las desgracias, la austeridad y los caminos arduos una fuente de energías y un afán de superarse; el misántropo desencantado que, a causa de su amor propio herido, o bien se lamenta en las sombras, o hace pagar caro todo su sufrimiento a la humanidad, misántropo que se vuelca ya a la más serena y aislada amargura o a la más tormentosa y peligrosa desesperación.

No sabemos si los orgullosos, desafiantes, solitarios y sombríos personajes que Byron glorificó en todos sus poemas son él mismo o sólo una idealización propia, pero sí sabemos que los que critican como falsos y exagerados sus inconsolables padecimientos no materiales son los mismos «comunes mortales» por los que aquellos héroes de sus poemas siempre se quejaron de ser incomprendidos. La amargura de Heráclito, de Nietzsche y de Byron bien puede ser la misma; bien puede también ser el mismo el desencanto solitario de la filosofía de Schopenhauer; bien puede ser la misma la angustiosa dolencia que acosa aún hoy a los individuos exiliados de este frívolo mundo postmoderno, perdidos en la soledad y el frío de las alturas o bien en profundidades ignoradas en medio de una sociedad cada vez más vertiginosa y superficial. Puede que el héroe byroniano, en definitiva, no sea únicamente uno de los fantasmas o idealismos más memorables del Romanticismo, sino un tipo inmortal, sacado de la realidad, de hombres aislados, taciturnos, sombríos, melancólicos y autodestructivos; de solitarios que aspiran incansablemente a sobrepasar los estrechos límites de la deplorable condición humana, descontentos con su naturaleza y con la del resto de sus semejantes; de prófugos malditos que vagan por los sitios oscuros de la tierra, que se adentran en las desolaciones alejadas del hombre, en los encantos de la naturaleza, o bien en el claustro del estudio y la meditación, capaces de ver lo inmutable de las cosas con sus mentes filosóficas y artísticas, con sus ojos eternos; de desesperados que, ya elevándose a las más desinteresadas alturas del bien o hundiéndose en las más pecaminosas raíces del mal, pugnan por ser infinitamente mejores o infinitamente peores que los demás, pero nunca iguales a ellos; de contradicciones vivientes, tormentas hechas hombre, eternas guerras entre aspiraciones trascendentes y bajas pasiones, entre alma y polvo, espíritu y arcilla, intelecto y voluntad, entre una naturaleza noble y un destino fatal; de temerarios que ven en el dolor y en las situaciones difíciles un camino inevitable para superarse y para seguir alejándose de la débil e insensible humanidad; de hombres aristocráticos, ansiosos por medirse contra el más fuerte, ansiosos por enfrentar el peligro, por defender a los oprimidos y las causas más perdidas, por tomar la carga más pesada sobre sus hombros, por desafiar las más exigentes pruebas y alturas, por enfrentar todas las consecuencias de sus actos, ansiosos por conocer y conocerse; de hombres duros y orgullosos, si bien no por ello incapaces de un amor verdadero, muy superior al del vulgo, siempre leales, protectores y cálidos, aunque en guerra con el resto del mundo; de personas que, habiendo sido engañadas o heridas por los humanos, habiendo amado o confiado demasiado, habiendo visto chocar su naturaleza enorme y dadivosa contra el espíritu materialista y mezquino de los hombres pequeños, se vuelcan orgullosamente a la misantropía, al odio, al desprecio, al crimen, a la violencia, a los excesos, al pecado, pero que no por ello pierden su escala de valores y sus nobles ideales; de seres silenciosos e intrigantes, rodeados por un halo de misterio, amigos de permanecer invisibles en las sombras, lejos del centro de escena salvo a la hora de liderar o de mostrar su capacidad de sacrificio y arrojo; de desterrados que, al ser más que sus compañeros de la creación, superan incluso su capacidad de comprensión y quedan así eternamente solos, maldiciendo a su poderosa mente como un mal pero, en su orgullo desesperado, aferrándose a ella como lo único que tienen; de solitarios mortificados a menudo por las agonías de un amor imposible; de sujetos díscolos y rebeldes ante toda autoridad, sea esta terrena o espiritual; de sombras que se debaten, constantemente insatisfechas, contra el mundo que las rodea, cargadas de sueños y aspiraciones, pero buscando siempre más una desolación antes que cambiar las cosas. Sí: puede que el héroe byroniano sea real y siga existiendo en tanto la humanidad lo haga. Precedido acaso por Prometeo, por el Áyax de Sófocles, por el Coriolano de Shakespeare, por el Fausto de Goethe, por el Satán de Milton, encuentra su descendencia, aunque olvidado él, en el Zarathustra de Nietzsche, en la inmortal dualidad del superhombre, en el Stavroguin de Dostoievski, en Maldoror, o, mirando su lado más patético y desesperado, en todo artista o filósofo solitario enamorado de la belleza y la verdad que desdeña a la sociedad utilitaria y que, a causa de su desinterés por el materialismo y el mundo ordinario, a causa de su desprecio por la moral dominante, a causa de su profundidad y su consecuente impericia o atolondramiento para la vida práctica y los asuntos vulgares y triviales, es tenido como inferior por aquellos, el artista que vive el infierno romántico de un Tasso, de un Chatterton, de un Kreisler hoffmanniano, de un Schumann, de un Mussorgsky, de un Poe, de un Baudelaire, de un agónico escritor de memorias del subsuelo, de todo creador que, envuelto en una soledad abrumadora, injuriado por el vulgo y resignado a contar sólo con su orgullo como báculo, consume sus largas noches gritándole al vacío con su arte.

El héroe byroniano, en resumen, simboliza una vida de desesperación mental y aislamiento social de hombres superiores atados a un único objeto de amor o deseo, generalmente encarnado en la forma de una mujer idealizada. Ejemplos notables son el corsario Conrad, hombre temido pero noble, que desaparece dejando un nombre unido a mil crímenes y a una sola virtud: la tierna fidelidad a su amada; Manfred, hechicero que dialoga con los poderes oscuros de la tierra y que busca desesperadamente olvidar un oscuro crimen y un perdido objeto de afecto; y Lara, un aristócrata de quien Byron nos dice en su poema: «En él aparecía inexplicablemente mucho para ser amado y odiado, buscado y evitado; la opinión sobre su oculta vida variaba, en alabanza o desaprobación nunca olvidado su nombre; su silencio formaba un tema para la charla de otros; lo observaban, intentaban adivinar, todos su historia deseaban saber. ¿Quién había sido, quién era él, así desconocido, que caminaba por su mundo, sólo su linaje no ignorado? ¿Un enemigo de su especie? Sin embargo, algunos decían que con ellos parecía jovial entre los joviales, mas reconociendo que su sonrisa, si observada a menudo y de cerca, se desvanecía en su alegría y se marchitaba a una mueca, de modo que llegaba a sus labios pero de allí no pasaba y nadie podía descubrir esa misma risa en sus ojos; y había suavidad también en su mirada, a veces, como de un corazón no duro por naturaleza, pero que una vez percibida parecía ser reprimida por su espíritu, como indigna de su orgullo, y pronto se endurecía, como despreciando redimir una duda de la estima medio contenida de los otros, en autoinfligido castigo de un pecho al cual la ternura acaso hubiese arrancado alguna vez de la paz, en vigilante aflicción que compelía al alma al odio por alguna vez haber amado demasiado. Y había en él un vital desprecio por todo, como si ya le hubiese acaecido lo peor que pudiese acaecer; como un extraño permanecía en este mundo mortal, un espíritu errante arrojado desde otro; un ser de oscuras ideas, que formaba por elección los peligros a los que por azar había escapado; con más capacidad para el amor que lo que la tierra otorga a la mayoría de polvo y nacimiento mortal, sus tempranos sueños de bien habían sobrepasado la realidad, por lo que una agitada madurez había seguido a una decepcionada juventud; con pensamientos de años perdidos en cacerías ilusorias, y poderes gastados que habían sido conferidos para mejores propósitos, y ardientes pasiones que habían derramado su rabia en apresurada desolación sobre su camino, dejando sus más nobles sentimientos en conflicto bajo una salvaje reflexión sobre su tormentosa vida. Demasiado elevado para el vulgar egoísmo, a veces sacrificaba el suyo por el bien de los otros, mas no por piedad, no porque debía, sino en una extraña perversidad de pensamiento que lo empujaba con un secreto orgullo a hacer lo que pocos o ningún otro habría sido capaz de hacer; y este mismo impulso conducía en tiempos de tentación a su espíritu igualmente hacia el crimen, a tal punto volaba él más alto o se hundía por debajo de los hombres con los que se sentía condenado a respirar, y anhelaba tanto por el bien como por el mal separarse de todos los que compartían su estado mortal. Su mente, aborreciendo tal condición, había fijado su trono lejos del mundo, en regiones propias. Y con todo ese escalofriante misterio de aspecto y aparente goce en permanecer desapercibido, tenía él un arte para fijar su memoria en el corazón del resto, de modo que todos los que lo veían no veían en vano, y una vez contemplado preguntaban por él otra vez, mientras que aquellos a quienes hablaba recordaban bien, y en sus palabras, no importa cuán ligeras, largo tiempo se demoraban».

Aventurémonos entonces, a modo de conclusión, a afirmar que el olvidado héroe byroniano no ha muerto, aunque su existencia se ha vuelto más excepcional que nunca en este decadente mundo actual, enemigo de crear hombres grandes, lo cual lo obliga a vivir más oculto que antes, más ignorado, más inescrutable, más sombrío, más apartado, más despreciado, más herido, sabiendo que para el hedonista y materialista hombre moderno sus virtudes son, como nunca antes, manchas y pecados; su luchar por las causas perdidas, una locura; y su alejarse de un mundo para el cual su espíritu es demasiado grande, una desdeñable y fatal maldición.


## II

George Gordon Noel Byron, descendiente de una familia noble escocesa, nació el 22 de enero de 1788 en Londres. Criado en un ambiente puritano, el joven creció de manera solitaria, mortificado por una leve cojera que lo haría sentirse en desventaja frente a sus semejantes y que acaso, ante su horror a ser subestimado por ello, más la conciencia de una temprana injusticia labrada por el destino en su contra, sería lo que lo llevaría tanto a su pasión por los ejercicios físicos como al superlativo desarrollo de sus facultades intelectuales y, consiguientemente, de su capacidad artística, no menos que al amargo desengaño y orgullo herido que en sus poemas se trasluce como un eterno grito de superioridad incomprendida y un enorme desdén por los comunes mortales. Habiendo perdido tempranamente a su padre, quien se había suicidado tras dilapidar varias fortunas en una vida licenciosa, Byron obtuvo, a la muerte de uno de sus tíos, el título de lord con sólo diez años



*Lord Byron*

de edad. No mucho después, mientras se dedicaba tanto al estudio del latín como a la natación y los deportes, comienza a escribir poesía; y es así como a los diecinueve años publica su primer libro importante, *Hours of Idleness (Horas de ocio)*, una extensa colección de poemas que, aunque inmadura aún, muestra ya las primeras improntas de un genio futuro. El libro era una ampliación de una anterior efusión poética de sus tiempos de escolar, que él mismo había editado para circulación privada, titulada *Fugitive Pieces (Piezas fugitivas)*, la cual tenía como único hecho remarcable la pasmosa subjetividad de algunos de sus poemas. Al año siguiente, tras haberse mudado al castillo de sus antepasados, ingresa a la Cámara de los Lores, donde revela una gran inclinación al partido *whig* (el liberal, en oposición a la derecha conservadora, el *tory*) que, no obstante, no le evitaría granjearse, con el tiempo, el desprecio de ambos partidos a la vez, como sucede con todo espíritu verdaderamente libre.

En 1809, tras una crítica poco auspiciosa de la influyente *Edinburgh Review* a su libro, Byron publica su primer obra mayor: *English Bards and Scotch Reviewers (Bardos ingleses y críticos escoceses)*, una virulenta sátira contra el mundillo literario y cultural británico tal como podía ser hallado por aquellas épocas. Poco después de esto, sufriendo el dolor de un terrible hastío producido por los excesos de una vida disipada, el poeta abandona su nación para iniciar con su amigo Hobhouse un viaje por el continente europeo. Atraviesa Portugal, España, Malta, Albania y Grecia, tras lo cual regresa a Inglaterra con el manuscrito de la obra que, escrita en prolijas estrofas spenserianas, sería el inicio de su gran éxito y de su fama: los dos primeros cantos de *Childe Harold's Pilgrimage (La peregrinación de Childe Harold)*, un poema paisajista y levemente meditativo en el cual describe su propio viaje por Europa y el estado en el cual esta se encontraba, además de pintar con los más oscuros tonos el hastío que oprimía a su alma, su desesperación y los negros atisbos de un incierto futuro en acentos melancólicos y subjetivos que contenían ya la semilla del desengañado aunque siempre anhelante espíritu del Romanticismo. La obra fue un éxito inmediato, las ediciones se agotaron una tras otra, y de ese modo se iniciaron para el poeta los llamados Años de la Fama, que llegarían hasta la fecha de su exilio final de Gran Bretaña en 1816. Durante todo este período, las proliferantes obras de Byron, que ya se había instalado en la cúspide del movimiento romántico europeo, fueron entusiastamente acogidas por la sociedad inglesa, no menos que por el resto de Europa: *The Bride of Abydos (La novia de Abidos)* y la vampírica *The Giaour (El infiel)*, relatos orientalistas ambientados en Grecia y Turquía; *The Corsair (El corsario)* y *Lara* al año siguiente, dos obras con las que comienza a alcanzar picos de genialidad y en las que aparece ya más nítido el héroe byroniano, un personaje aristocrático, orgulloso, libre, apasionado, noble, caballeresco, violento, viril, pero a su vez sombrío, melancólico, taciturno, desencantado, condenado inexorablemente a un destino trágico; y, finalmente, *Hebrew Melodies (Melodías hebraicas)*, *Parisina*, *The Siege of Corinth (El sitio de Corinto)* y su *Ode to Napoleon Buonaparte (Oda a Napoleón Bonaparte)*, todas obras aplaudidas tanto por el público ilustrado como por el vulgar.

Es entonces cuando sus Años de Fama terminan estrepitosamente: su cínica y amarga visión de la política inglesa se ganó el odio de la burguesía conservadora, sus punzantes sarcasmos cansaron a la crítica literaria y sus constantes aventuras amorosas terminaron escandalizando a la puritana sociedad británica cuando, tras haberse separado de su esposa Anne Isabella Milbanke, que le había dado una hija llamada Ada y con quien se había casado para intentar huir, en una vida doméstica, de sus vicios y excesos, comenzaron a circular rumores de que su divorcio se debía a una antigua unión amorosa con su media hermana Augusta Leigh, cuya posibilidad quizás se torne creíble a la luz de los numerosos casos en los que defendió ese tipo de incesto en sus poemas, entre ellos en *Manfred* y *Caín*. Se desató de ese modo una encarnizada furia de la prensa en su contra que lo volvió el personaje más impopular y odiado de su patria por un tiempo, a lo cual Byron diría más tarde: «Todos los vicios, sin excluir los más monstruosos, se me atribuyeron. Mi nombre, ilustre desde que mis antepasados ayudaron a Guillermo el Normando a conquistar el reino, fue deshonrado. Comprendí que, si lo que murmuraban era cierto, yo era indigno de Inglaterra; pero, siendo falso, Inglaterra era indigna de mí. Entonces me retiré».

Tras su exilio de las islas británicas, e inspirado por su paso a través del campo de batalla de Waterloo, Bélgica, el Rin, Suiza, donde visita la cárcel de Chillon, e Italia, produce *The Prisoner of Chillon and other poems (El prisionero de Chillon y otros poemas)* y su tercer canto de *Childe Harold*. Durante su estadía en Suiza, Byron recoge, tras su célebre encuentro con el poeta Percy Bysshe Shelley y su círculo íntimo, que incluía a Mary Shelley y a una hermanastra de esta, Claire Clairmont, la cual tendría con Byron una hija llamada Allegra, ciertas influencias del creciente genio de su colega, como ser el estilo exaltado y el culto a la naturaleza en el cual Shelley superaba en mucho al tibio Wordsworth, lo cual se evidencia ya plenamente en su tercer canto de *Childe Harold* y más aún en su obra dramática *Manfred*, la cual tiene como génesis reconocido una lectura del *Fausto* de Goethe y toda la imaginería gótica en boga por entonces. Es en esta obra, publicada en 1817, donde Byron alcanza la primera gran cumbre de su genio: el solitario y profundo héroe byroniano se halla retratado como nunca antes, embebido en toda la fatídica aunque épica frustración romántica; el poeta nos descubre por primera vez algunos de sus puntos de vista filosóficos con una seriedad desusada, mostrando también la culpa y el remordimiento que acompañaban a su alma tras su separación y su exilio; su intuición poética llega al fondo del alma humana y del mundo mismo con escalpélica certeza; y, sin embargo, toda la obra trasuda una ingenuidad, una inocencia y una ligereza sorprendentes, tremendamente contrastantes con el desgarrador aunque sobrenatural enfoque del argumento, lo que nos da una subyugante ilustración práctica de un punto central de la obra, el conflicto entre espíritu y arcilla, entre una voluntad sacudida por los dolores que sólo anhela el olvido y la muerte y una mente que, contenta frente a la belleza del mundo visible, se llena de despreocupada plenitud y afirmación a la vida frente a cada escenario o momento de hermosura. Ese mismo año, tras visitar la oscura celda del manicomio al cual el poeta italiano Torcuato Tasso fuera confinado, Byron escribe su excepcional y escalofriante obra *The Lament of Tasso (El lamento del Tasso)* en honor a los sufrimientos de dicho poeta, romántico arquetipo del artista de aciago destino, incomprendido y tratado injustamente por su tiempo. Termina luego, apasionado por Italia, con el cuarto canto de *Childe Harold* y acomete, mientras se halla inmerso en un sinnúmero de aventuras amorosas, con la genial *Beppo*, pieza burlesca y liviana en la cual tenemos el preludio de su obra cumbre, el *Don Juan*, tanto en el notable procedimiento de su *ottava rima* como en el ingenioso estilo casual, ligero, cómico, aperceptivo, autocrítico y poblado de digresiones, en las rimas inauditas, en el realismo satírico y en su renegar del movimiento romántico del cual él, de gusto clasicista y conservador, venía hasta entonces formando parte a su pesar.

Sus obras del año siguiente son *Mazeppa*, poema basado en la vida del noble cosaco ucraniano Ivan Mazeppa, y los dos primeros, y acaso mejores, cantos del *Don Juan*, su obra maestra, probablemente la más grande en lengua inglesa desde *El paraíso perdido* de Milton, que terminó conformando una extensa obra épica, o, si se prefiere, la culminación de la épica, su verse a sí misma desde arriba, tal como pudo ser el *Quijote* de Cervantes para la novela caballeresca. Aparentemente, en un principio el objetivo de Byron era escribir un poema en el estilo de *Beppo* pero atacando más ácidamente el mundo literario de su tiempo, encarnado especialmente en las figuras de Wordsworth, Coleridge y Southey. La narración, no obstante ello y el escepticismo con que fue recibida en un comienzo tanto por el público como por sus editores, se fue volviendo menos disgregada con el correr de los cantos y terminó transformándose en una inmortal historia épica que quedaría inconclusa por la muerte del autor. Las aventuras y peripecias amorosas de un don Juan típicamente byroniano sirven de excusa para desarrollar un poema implacablemente satírico, cargado de singulares opiniones sobre todo tipo de temas y centrado en una visión única, casi documental, de la Europa de esos tiempos.

Entre 1820 y 1821, mientras un Byron enamorado sentaba finalmente cabeza junto a la adolescente Teresa Guiccioli, su pasión por Italia y por la obra dramática se vuelve notable, y ello no escapa a su producción: además de los cantos tercero al quinto del *Don Juan*, la lista incluye a *Marino Faliero*, que sigue el estilo de Alfieri, *Dante's Prophecy (La profecía de Dante)*, *The Two Foscari (Los dos Foscari)*, la memorable *Sardanápalo*, en la cual Byron acaso vuelca su remordimiento por su ocioso estatismo y comienza a dar muestras de los deseos de aventura que lo llevarían a la muerte, y la inigualable *Caín*. En esta última reaparece la mezcla de seriedad, grandeza e ingenuidad que signaba a *Manfred*: los temas de la muerte, el pecado original, el sufrimiento humano y el primer homicidio son tratados, con una simpleza y una inocencia casi bíblicas, por un Caín que, aunque profundo, asume el carácter de un niño mortificado y enojado que se debate contra todo salvo la belleza y el saber, lo cual le confiere al poema una convicción humana irrepetible y una ligereza sin precedentes, indescriptiblemente alejada de la seria pesadez y monotonía que acaso habría adquirido en las manos de cualquier otro autor clásico. En los años siguientes, Byron publica *The Vision of Judgment (La visión del Juicio)*, una mordaz sátira contra Robert Southey, escribe los flojos dramas *Heaven and Earth* (*El Cielo y la Tierra*), *Werner* y *The Deformed Transformed* (*El deforme transformado*), destacable este último aun entre estas tardías producciones gracias a su fáustico inicio, y enfrenta la muerte de su hija Allegra, a la que sigue la de Shelley, quien naufraga al retornar de una breve visita que le hiciera en Pisa; Byron sólo llega para encontrar el cadáver de su colega y participa en su cremación a orillas del lago.

Sobrepuesto a estos percances, comienza un par de obras mediocres, *The Age of Bronze* (*La edad de bronce*) y *The Island* (*La isla*), y reanuda su obra maestra, pero deja la pluma en el decimoséptimo canto. Es entonces cuando su espíritu romántico hace erupción en él y, tras haberse relacionado un tiempo con los carbonarios italianos y sus ideas, viaja súbitamente a Grecia para participar activamente en la revuelta de este pueblo contra el poder otomano. Corre el año 1824; Byron se aposenta en Missolonghi, pero, antes de llegar a tomar las armas para luchar por la liberación del pueblo griego, cae víctima de una fiebre y, el decimonoveno día del mes de abril, abandona la vida, convirtiéndose en un héroe nacional helénico y poniendo fin a una existencia que había marcado, y que seguirá marcando para siempre, el curso y la dirección del espíritu descontento, del espíritu individualista, solitario, desaprensivo ante la moral social, eternamente sediento de grandeza y libertad... del espíritu romántico.

A modo de conclusión diremos que la leyenda de Byron, alimentada por los cautivantes personajes de sus poemas, queda perfectamente retratada por unas palabras que Mary Shelley escribió sobre él años después de su muerte y que dejan apreciar con claridad todas las profundas contradicciones de su alma, las mismas con las que fueron descriptos muchos de los grandes genios artísticos, contradicciones que remiten también a las tormentas internas de los héroes de sus poemas, desgarrados por el eterno conflicto entre espíritu y arcilla: «Un ser lleno de defectos pero fascinante; infantil pero profundo y filosófico; desafiante ante el mundo pero dócil con su círculo íntimo; apasionado pero indolente; sombrío de lejos pero, de cerca, el más jovial de los hombres».

## III

Lord Byron fue sin duda el escritor más grande e influyente del Romanticismo, movimiento artístico que, resumido en las expresiones de libertad, pasión, naturaleza, subjetividad, nacionalismo, rebelión, aciagas luchas contra destinos inexorables, oscuridad, medievalismo y culto al yo, derribó el estricto clasicismo europeo a fines del siglo XVIII. Antes de renegar de esta nueva y floreciente corriente, que sería desde entonces una influencia capital en el arte y el sentir occidentales para siempre, Byron realizó aportes fundamentales, aunque sin intencionalidad alguna, para cimentar parte de la estética y de los sentimientos que signarían este notable período, que correspondía artísticamente al ascenso de la burguesía en el plano social. Escribiendo sobre sí mismo de una subjetiva forma que opacaba incluso a Rousseau, dejó como mayor legado literario su sombría personalidad y su elegante sentido del humor. Byron, que era un asiduo lector de Horacio y de Alexander Pope, formó junto a Shelley y Keats la cúspide de la segunda generación de la poesía romántica inglesa, que seguía a la de Coleridge y Wordsworth, los autores que habían dado en 1798, con la publicación conjunta de sus *Lyrical Ballads*, fecha formal al inicio de dicha corriente en Gran Bretaña.

No tardó el lord, cultor de los sentimientos románticos pero dentro de las nobles formas estilísticas del clasicismo (su obra ha sido considerada a menudo como una conjunción de ambas corrientes), en ser aclamado como el mejor poeta de entre todos ellos, aunque siempre se le cuestionó como una falta imperdonable la identidad de sus personajes, los cuales, al ser indefectiblemente transposiciones propias, pinturas de su propia alma, eran todos iguales entre sí y, aunque notablemente profundos y bien delineados, llevaban a creer, no sin algo de injusticia, que eran el único personaje que podía crear una y otra vez con acierto, motivo por el cual se decía que sus personajes secundarios carecían de vida y se veía de ese modo al inigualable novelista Walter Scott, que ofrecía a este respecto el ejemplo precisamente contrario, como su contrincante natural por el primer lugar, si bien el escocés le era muy inferior en calidad poética. Ciertamente, a veces los personajes de Byron no son tan creíbles como los de Scott, y muy rara vez los logra hacer vivir ante el lector como los verdaderos maestros, por lo cual se suele considerar al lord un autor carente de talento dramático (por lo general, sus dramas están más cerca del mero arte poético que del teatral y sus diálogos semejan más bien soliloquios, ya de un Manfred que habla solo ante interlocutores ocasionales, o de una mente inquieta que se hace preguntas y lucha consigo misma dividiéndose en las personas de Caín y Lucifer), pero el examen interno que de ellos hace sigue siendo único y lo que pierde en naturalidad lo gana con creces en profundidad, oponiendo de ese modo al ideal clásico de poetas grandes por su objetiva frialdad observadora la visión romántica del poeta subjetivo, pasional y egocéntrico que sólo escribe sobre sí mismo (entendiendo esta subjetividad en el sentido inherente a la estirpe de los líricos, es decir, sin menoscabo de la indispensable objetividad artística necesaria para captar y transmitir las ideas inmutables del mundo y el aspecto universal de las propias pasiones). Resulta además bastante obvio que Byron comenzaba a escribir muchos de sus poemas mayores sin plan alguno, así como que los iba llevando adelante por inspiración e impulso momentáneos, redactando con ímpetu y descuido, lo cual a veces vuelve a sus obras no poco disgregadas, pero su grandeza es indudable y resalta sobre todo en sus subyugantes descripciones, en sus lúgubres meditaciones, en su punzante sarcasmo, en su certera objetividad para penetrar la naturaleza toda, en la violencia de las emociones y pasiones de sus héroes y en la terrible fuerza de su contradictorio y desesperado yo.

El público europeo de la época no pudo evitar rendirse ante tanta subjetividad, ante esas obras que transmitían incesantemente sensaciones de desprecio, de soledad, de nostalgia, de amargura, de prematura ancianidad, de profundo desencanto, de misantropía, de amor propio herido, de orgullo, de deseos de gloria y libertad; ante un aristocrático autor desterrado que viajaba escupiendo sarcástico veneno contra la humanidad y sus ab-

surdas costumbres, contra la burguesía y los escritores de moda, entrega-
do a excentricidades y a escandalosas aventuras amorosas, y que escribía
versos pulidos, únicos, memorables, eternos; ante la indudable perfección
y musicalidad de sus numerosos poemas breves y de circunstancias; ante la
desgarradora y profunda forma en que exponía sus sentimientos ardientes
y contradictorios en sus piezas trágicas; ante la novedosa y ligera forma de
narrar que adoptaba en sus obras más livianas. Byron comenzó pronto a ser
imitado por todas partes, a signar el estilo de poetas conocidos e ignotos, a
inspirar composiciones musicales (Berlioz homenajeaba a Childe Harold en
su viaje por Italia, Liszt pintaba los lamentos y el póstumo triunfo del Tasso,
Schumann ponía música a la oscura desesperación de Manfred, tarea en la
que no tardarían en emularlo Tchaikovski y el mismísimo Nietzsche, etc.), y
la personalidad de sus héroes se volvió una doctrina moral de valores contradictorios y pasó a formar parte del ideario general del héroe romántico
mismo. Sus obras son, así pues, no sólo un memorial de la decadencia y el estado de esos tiempos, el compendio del sentir aristocrático de un artista solitario, el más alto pico de grandeza de un movimiento estético entero, sino
también lo que él buscaba que en definitiva fueran: perdurables documentos
en los que podrá por siempre apreciarse tanto su notable perfección en la
artesanía poética, la cual lo sitúa entre los más grandes escritores de todos
los tiempos, como su pesimista visión de la mala relación que él, enmascara-
do en los sombríos héroes de sus historias, mantenía con este frívolo mundo,
eternas exaltaciones de su gran ego que lo vuelven admirable como poeta y
como hombre fuera de lo común que vive en guerra con una humanidad a la
que contempla muy desde arriba en amarga soledad.

Hoy la figura de Lord Byron se halla opacada y casi diríase que olvidada. Ya
no suscita ni la novedad ni el entusiasmo que generaba en su tiempo, y, ex-
ceptuando tal vez su correspondencia y su clásico, el *Don Juan*, cuyo sarcástico realismo seduce más al público actual que los poemas melancólicos y ego-
céntricos que le dieran fama en pleno siglo romántico, sus obras han dejado
de ser interesantes para editoriales y lectores, mas no por ello han perdido
en algo su vigencia: sus palabras son el sondeo desesperado de un hombre en
su propia alma, un alma orgullosa, contradictoria, conflictiva, ominosa, libre,
desafiante, y no morirán en tanto existan mentes lo suficientemente grandes
y profundas como para comprender y sentir su total significado.

## IV

*Manfred*, un poema dramático en tres actos, fue escrito por Byron entre
1816 y 1817. Sus fuentes de inspiración fueron indudablemente el *Fausto*
de Goethe (si bien la escena final y la enorme vitalidad de la obra traen a la
mente antes el *Doctor Faustus* de Christopher Marlowe que el clásico ale-
mán) y los paisajes alpinos de Suiza, aunque no son menos evidentes los
influjos de la poesía de Shelley, su estadía en Roma (donde reescribió gran
parte del tercer acto), el gusto romántico por los ambientes góticos y espectrales, y, sobre todo, la vida y el sentir del propio Byron. En un ilustrativo

fragmento del diario que redactó durante su estadía en los Alpes para su hermana Augusta, aún mortificado por su separación y su subsiguiente exilio, y descubriendo algunas de las grandes escenas y sentimientos que luego aparecerían en esta obra, Byron escribe: «Soy un amante de la Naturaleza y un admirador de la Belleza; puedo soportar la fatiga y dar la bienvenida a la privación. Y he visto algunas de las más nobles vistas del mundo, pero, en medio de todas ellas, los recuerdos de amargura, y más especialmente de recientes desolaciones hogareñas que habrán de acompañarme a través de toda mi vida, han hecho presa en mí, y ni la música del pastor, ni la caída de la avalancha, ni el torrente, la montaña, el glaciar, el bosque o la nube han por un momento alivianado la carga que pesa sobre mi corazón, ni me han permitido perder mi propia miserable identidad en la majestad, el poder y la gloria desplegados alrededor, por encima y por debajo de mí». Sacudido por la belleza y la angustia, por el remordimiento, el destierro, el dolor de haber perdido a su hermana para siempre a causa de sus antiguos desórdenes y el anhelo de olvido, el poeta desarrolla una de sus obras más oscuras y desgarradoras, un drama de ribetes sobrenaturales y metafísicos en el cual el hechicero Manfred, un ser fatalmente condenado, por su propia naturaleza superior, a la soledad, al aislamiento en la naturaleza y el saber y al contacto con seres del mundo invisible, busca desesperadamente el olvido tras la muerte, provocada por él mismo, de su única compañera mortal, Astarte. Aun encerrado en las más negras privaciones del claustro, aun viviendo entre tormentos eternos y bajo un fuerte instinto autodestructivo que (entre sufrimientos sobrehumanos y un insoportable encadenamiento a la vida que le es aborrecida) transforma al romántico Werther de Goethe en poco menos que una criatura microscópica, Manfred no pierde por ello su parte vital, afirmativa, plena, ardorosa, que entra en contacto con el mundo natural y que triunfa también en la esfera física, lo cual recuerda mucho a la naturaleza dual del superhombre nietzscheano. La grandeza de esta inigualable obra, que mezcla a espíritus y humanos tan sólo para describir los sentimientos penosos y desesperados de un hombre superior, reside no sólo en los opresivos lamentos y pesares de Manfred, en sus memorables declamaciones teñidas de lírica melancolía, en el encantamiento intercalado al final de la primer escena (originariamente publicado de manera aislada, en *The Prisoner of Chillon and other poems*, como un coro de un viejo drama inconcluso, lo que explica la discrepancia entre el noble Manfred del poema y el vil criminal descripto en este pasaje), sino también en sus geniales ligereza e ingenuidad y en el sentimiento pleno y desbordante que se percibe en algunos de sus pasajes, pese al constante anhelo de muerte y de olvido que la obra trasuda, y que tanto cautivaron al filólogo de Rökken, que encontró sin duda en ellos un incomparable germen para su ideal de superhombre. Como toda heroína byroniana, Astarte, depositaria acaso de todo lo que a Byron inspiraba su perdida hermana Augusta, cumple con el rol de figura idealizada y alejada de los crímenes del protagonista, pero también, como en ninguna otra ocasión sucediera en las obras del lord, con el de una compañera espiritual e intelectual del héroe, capaz de arrastrarlo a un abismo de culpa, si bien su papel en escena es tan estático como poco aclaratorio sobre su persona. Mayor vitalidad ofrecen los personajes sobrenaturales del drama, pese a lo cual algunos parecen sólo presentarse para crear un contraste entre la soberbia autoridad de Manfred y el trágico trato que recibió de los demonios el Fausto del mito. Es de destacarse también la noble pintura que Byron hace del abad y la sana y agradecida felicidad y humilde sencillez que adjudica al cazador de gamuzas y a los vasallos de Manfred, misántropo que, por el contrario, representa al individuo orgulloso, libre, independiente, aristocrático, desafiante ante toda autoridad terrena o poder sobrehumano.

El drama metafísico o «misterio» en tres actos *Caín* fue escrito y publicado en 1821. El trabajo fue mal acogido por la crítica, que lo tildó de blasfemo y de ridículamente maniqueo, pero autores de la talla de Percy Shelley, Walter Scott y Goethe lo consideraron sin hesitación una genial obra maestra. Naturalmente, la acusación de pueril maniqueísmo poco tiene que ver con el objeto final del drama y sólo responde a una visión superficial que soslaya el núcleo de este y su profundidad intrínseca. *Caín* es ante todo un amargo soliloquio dramático sobre el problema de la muerte, así como un eterno canto a la desesperación del hombre profundo que asiste a una eterna lucha interna entre bajas necesidades y sublimes aspiraciones y que no puede escapar del imperio del dolor y de la melancolía ya mirando al pasado, al presente o al futuro, lo cual da al poema un tono pesimista y negador que recuerda de inmediato al conflicto con la desgarradora voluntad-de-vivir de la filosofía de Schopenhauer, a quien no se le escapó la relación y, en *El mundo como voluntad y representación*, vol. II, diría: «Así como, en *Cándido*, Voltaire le hizo, en su cómico estilo, la guerra al optimismo, así mismo lo ha hecho Byron, a su seria y trágica manera, en su inmortal obra maestra *Caín*». Byron nos presenta en este drama su percepción de la historia de Caín y Abel, el primer homicidio de la historia bíblica, de una manera por cierto particular, matizando la narración con un sinfín de impresiones filosóficas y metafísicas que revelan no poco del pensamiento del autor, y que sugieren incluso más. Sus insinuaciones sobre la muerte y sobre la idealidad del tiempo, así como las alusiones al pecado original y a los árboles de la Vida y del Conocimiento, este último relacionado en Byron tanto con la racionalidad y el intelecto como con la perpetua condena al sufrimiento y a la muerte que se genera por medio de la propagación de la especie, dan una perspectiva auténticamente filosófica de la naturaleza del universo y de la vida humana en general. Siguiendo la típica escuela del héroe byroniano, Caín encarna algo así como un conflicto entre un hombre seguro y generoso y un niño lastimado y perverso; encarna al hombre descontento, atormentado, rebelde, sombrío, condenado por su propio profundo intelecto, con el aumento de la capacidad de sufrimiento y de goce frente a la belleza que ello implica, a la soledad de las alturas, a ser incomprendido por sus pocos semejantes (nótese la diferencia entre la Astarte de Manfred, que tenía «una mente para comprender el universo», y la Adah de Caín, que, según palabras del protagonista, «tampoco es capaz de comprender la elevada mente que me abruma») y a tener que conversar sólo con espíritus; un hombre que, espoleado constantemente hacia el cuestionamiento y la transgresión por su naturaleza disconforme, intenta huir de su agitada y conflictiva conciencia hundiéndose en el ansia de un saber que, al resultar insatisfactorio, lo induce a transitar los senderos de una furiosa rebelión contra Dios y de un ciego resentimiento contra su hermano, de cuyos luctuosos resultados no tarda en arrepentirse, con lo cual logra redimir su trágica nobleza (las exclamaciones de «¡Hermano!» y «¡Oh, Dios! ¡Oh, Dios!» son tal vez, pese a su aparente simpleza, de las escenas más escalofriantes y conmovedoras del drama). En esta obra no es la pérdida de la amada lo que perturba al héroe, sino la del Paraíso; su amargura y su desesperación provienen de su intelecto, no de sus pasiones; y, así como, en la inmortal *Manfred*, Byron nos mostraba los remordimientos por un oscuro crimen cometido, en *Caín* nos hace simpatizar con el melancólico personaje presentándonos las circunstancias previas al crimen y desplegando ante el lector la concatenada serie de razones y luchas mentales que empujan al héroe a su terrible acción. Por otra parte, Lucifer, figura sobresaliente del poema, que adquiere proporciones significativas si bien no tanto como en el clásico de Milton, aparece como el espíritu rebelde y prometeico que, lleno de odio pero también de sabiduría, libra una eterna batalla contra Dios pero sólo ansía dominar, no obliterar, la vida y el hombre, según puede deducirse de sus dos monumentales declamaciones al final del segundo acto, en las que su aura satánica, no exenta de cierto zoroastrismo maniqueo, se manifiesta como un deseo de iluminar a los humanos para que vivan como dioses en su orgullo y den así la espalda a Jehová. Byron habla de este último, y en esto sí recuerda a Milton y su vuelco inconsciente sobre el carácter de Satán, como de un ser solitario y miserable, que con nadie puede compartir su eternidad. Abel, por su parte, representa la prístina simpleza del hombre sencillo y religioso y contrasta así con la complicada e inconsolable naturaleza de Caín, que encarna la profundidad solitaria del hombre pensante y atormentado que fatiga sus pasos en los desolados senderos de la duda angustiante y de la desesperada rebelión frente al cosmos.

En síntesis, presentamos aquí los dos «dramas metafísicos» de Byron, escritos con unos cinco años de diferencia entre sí, pero igualmente admirables ambos. Sirvan no sólo para conocer un poco el lado más profundo y filosófico del autor, sino también como memorial del héroe byroniano. Los puntos en común de ambas obras no son sino una clara muestra de los ideales y la naturaleza misma de dicho carácter: el anhelo de muerte y el conflicto con su voluntad de vivir, la soledad en medio de una humanidad mal preparada para entender su mente, la profundidad intelectual y la plenitud física, la pasión por la naturaleza y la belleza, el amor incondicional a una única mujer, la melancolía, la rebeldía, la amargura, la misantropía, las ansias de eternidad y el desdén por la baja arcilla, el orgullo, la conciencia del propio error, la nobleza... todos sentimientos que aseguran al héroe byroniano una indudable inmortalidad en tanto en el mundo de los hombres sigan surgiendo individuos profundos y aislados con reaccionarias ansias de devolver a la humanidad su antigua grandeza.

E. Ehrendost

# OBRA DE LORD BYRON

*Ordenados, en la mayoría de los casos, según su año de publicación, he aquí los principales títulos que, aparte de sus diarios, cartas y poemas menores dispersos, componen la inmortal obra de Lord Byron. Aspiran las puntuaciones del editor a sugerir una posible agenda o guía de lectura según el valor literario y la importancia de cada trabajo.*

1807
**Hours of Idleness** *(Colección)*

1809
**English Bards and Scotch Reviewers** *(Sátira)* ❖

1812
**The Curse of Minerva** *(Sátira)*
**Childe Harold's Pilgrimage** - Cantos I & II *(Poema)* ❖ ❖

1813
**The Giaour** *(Poema)* ❖
**The Bride of Abydos** *(Poema)* ❖

1814
**The Corsair** *(Poema)* ❖ ❖
**Lara** *(Poema)* ❖ ❖
**Ode to Napoleon Buonaparte** *(Poema)*

1815
**Hebrew Melodies** *(Colección)* ❖
   *Incluye: She walks in beauty, Oh! snatch'd away in beauty's bloom, Stanzas for Music, My Soul is Dark, Thou whose spell can raise the dead, etc.*

1816
**Parisina** *(Poema)* ❖
**The Siege of Corinth** *(Poema)* ❖
**Childe Harold's Pilgrimage** - Canto III *(Poema)* ❖ ❖
**The Prisoner of Chillon and other poems** *(Colección)* ❖ ❖
   *Incluye: The Prisoner of Chillon, Darkness, Prometheus, The Incantation, The Dream, etc.*

1817
**Manfred** *(Drama)* ❖ ❖ ❖
**The Lament of Tasso** *(Poema)* ❖ ❖
**When we two parted** *(Poema breve)*
**So we'll go no more a roving** *(Poema breve)*

1818
**Beppo** *(Poema)* ❖ ❖ ❖
**Childe Harold's Pilgrimage** - Canto IV *(Poema)* ❖ ❖

1819
**Mazeppa** *(Poema)* ❖
**Don Juan** - Cantos I & II *(Poema)* ❖ ❖ ❖

1821
**Marino Faliero** *(Drama)* ❖
**The Prophecy of Dante** *(Poema)*
**Don Juan** - Cantos III al V *(Poema)* ❖ ❖ ❖
**Sardanapalus** *(Drama)* ❖ ❖
**The Two Foscari** *(Drama)* ❖
**Cain** *(Drama)* ❖ ❖ ❖

1822
**The Vision of Judgment** *(Sátira)*
**Werner** *(Drama)*

1823
**Heaven and Earth** *(Drama)*
**The Age of Bronze** *(Poema)*
**The Island** *(Poema)*
**Don Juan** - Cantos VI al XIV *(Poema)* ❖ ❖

1824
**On this Day I complete my Thirty-sixth Year** *(Poema breve)*
**The Deformed Transformed** *(Drama)* ❖
**Don Juan** - Cantos XV & XVI *(Poema)* ❖ ❖

# Manfred

POEMA DRAMÁTICO

There are more things in Heaven and Earth, Horatio,
than are dreamt of in your philosophy.

Shakespeare. *Hamlet.*

[«Hay más cosas en el Cielo y en la Tierra, Horacio,
que las que tu filosofía sueña.»]

DRAMATIS PERSONÆ.


Manfred.
Un Cazador de gamuzas.
El Abad de St. Maurice.
Manuel.
Herman.
Criados de Manfred.
La Hechicera de los Alpes.
Arimanes.
Némesis.
Los Destinos.
El Fantasma de Astarte.
Espíritus, Demonios, etc.


La escena del drama se sitúa en medio de los Altos Alpes,
parte en el castillo de Manfred y parte en las montañas.

# ACTO I

ESCENA I
(Una galería gótica. Tiempo: medianoche.
Manfred, solo.)

Manfred
Es necesario llenar la lámpara, pero aun así
no arderá por tanto tiempo como el que yo debo velar.
Mis reposos, si es que reposo, no son sueño,
sino una continuación de incesante pensamiento
que ya no puedo resistir; en mi corazón
hay una perpetua vigilia, y estos ojos sólo se cierran
para mirar hacia dentro. Y, no obstante, vivo, y tengo
el aspecto y la forma de los hombres que respiran.
Pero la aflicción debería ser la instructora del sabio;
la sabiduría es tristeza: aquellos que más saben
deben lamentarse más hondamente sobre la fatal verdad...
el árbol del Conocimiento no es el de la Vida.
La filosofía y las ciencias, los orígenes
de los portentos y el saber del mundo
he estudiado, y en mi mente hay un poder
para someterlos enteramente a mi antojo,
pero no me sirven; he hecho el bien a los hombres,
y aun hallé a mi vez el bien entre ellos,
pero no me sirvió; he tenido enemigos, y ninguno
me abatió, mientras que muchos cayeron ante mí,
pero no me sirvió; el bien, o el mal, la vida,
las pasiones, el poder, todo lo que veo en los demás
ha sido para mí como lluvia sobre las arenas
desde aquella hora sin nombre. Nada temo ahora,
y sufro la maldición de no tener ni un solo miedo natural,
ni aun una intranquila palpitación que me golpee con anhelos,
con esperanzas o con algún oculto amor hacia algo de la tierra.
Pero a mi tarea.

¡Misteriosos agentes,
vosotros, espíritus del Universo ilimitado,
a quienes he buscado en las tinieblas y en la luz!
¡Vosotros, que giráis alrededor del mundo y que moráis
en una más sutil esencia; vosotros para quienes las cimas
de las montañas inaccesibles son refugios habituales
y las grutas de la tierra y del océano sitios familiares,
os invoco por aquel escrito encanto
que me da poder sobre vosotros! ¡Ascended! ¡Apareced!

(Una pausa.)

Aún no vienen. Entonces, ¡por la voz de aquel
que es el primero entre vosotros; por este signo
que a todos os hace temblar; por los derechos
de aquel que es inmortal! ¡Ascended, apareced! ¡Apareced!

(Una pausa.)

Puesto que es así, ¡espíritus de la tierra y del aire,
ya no podréis eludirme! ¡Por un poder
más profundo que todos cuantos invoqué,
tiránico hechizo que nació en una estrella condenada,
el ardiente resto de un mundo destruido,
un infierno errante en el espacio eterno;
por la cruel maldición que cayó sobre mi alma;
por el pensamiento que está en mi interior y a mi alrededor,
os compelo a cumplir mi voluntad! ¡Apareced!

(Aparece una estrella en el extremo más oscuro de la galería;<br>permanece inmóvil, y se oyen voces que cantan.)

PRIMER ESPÍRITU

¡Mortal!, inclinado ante tu mandato,
desde mi mansión que es en las nubes
construida por el soplo del crepúsculo,
y que es coloreada por el sol poniente
del verano con el azul y el bermellón
que se entremezclan para mi pabellón,
aunque tu búsqueda pueda ser prohibida
sobre un rayo estelar he cabalgado,
subyugado por tu invocación.
¡Mortal, que tu deseo sea revelado!



LORD BYRON

Segundo Espíritu

El Mont Blanc es el monarca de las montañas;
   largas edades atrás fue coronado
sobre un trono de rocas, con la nieve por diadema,
   con las nubes como manto.
En torno a su cintura hay bosques entrelazados
   y la feroz avalancha reposa en su mano,
mas, antes de caer, ese alud atronador
   debe aguardar por mi mandato.
La fría e intranquila vastedad del glaciar
   día a día hacia delante se mueve,
pero soy yo quien le permite el paso
   o con su hielo la retraso.
Soy el espíritu de todo aquel lugar
   y puedo hacer que la montaña se sacuda
hasta sus cimientos por cavernas poblados.
   Dime, ¿con qué fin me has invocado?

Tercer Espíritu

A las azules profundidades de las aguas,
   donde la ola no se agita,
donde el viento es un extraño
   y la serpiente de mar habita,
donde la sirena adorna con conchillas
   sus siempre verdes rizos,
cual una tormenta sobre la superficie
   llegó el sonido de tus hechizos
y sobre mis calmas salas de coral
   sus profundos ecos se movieron.
Al espíritu del océano
   descubre ya todos tus deseos.

Cuarto Espíritu

Desde donde el durmiente terremoto
   yace recostado sobre el fuego
y los vastos lagos de betún
   hacia lo alto saltan hirviendo;
desde donde las raíces de los Andes
   se hunden profundo en la tierra,
mientras sus cimas al cielo
   encumbrándose aguijonean,
he partido, de mi lugar de nacimiento,
   para dejar tu voluntad cumplida;
puesto que tu hechizo me ha dominado,
   ¡que tu petición sea mi guía!

Quinto Espíritu

Soy aquel que cabalga los vientos,
    aquel que desata las tormentas;
el huracán que he dejado detrás
    aún está ardiendo con relámpagos;
para apresurarme a ti, he volado
    en las ventiscas sobre costa y sobre mar:
la flota que divisé navegaba bien,
    mas antes de que la noche pase se hundirá.

Sexto Espíritu

Tengo por morada la eterna sombra nocturna,
¿por qué con luz tu magia así me tortura?

Séptimo Espíritu

La estrella que gobierna tu destino
fue gobernada, antes de que la Tierra naciera,
por mí. Era un mundo tan calmo y bello
como ningún otro que jamás surcara el cielo;
su curso era libre y regular,
el espacio jamás abrazó a una estrella igual.
Hasta que llegó la hora y se volvió
una errabunda masa de llamas sin forma,
un cometa sin sendero y una negra maldición,
la amenaza de todo el universo,
siempre rodando con una innata fuerza,
sin una órbita, sin una esfera,
una brillante deformidad en las alturas,
el monstruo de todo el cielo superior.
¡Y tú, nacido bajo su influencia,
tú, gusano, a quien desdeño y obedezco,
me fuerzas con tu poder (que no es tuyo,
sino que sólo te es prestado para hacerte mío)
a por este breve momento descender
a donde estos débiles espíritus se inclinan
y parlamentan frente a una cosa como tú...!
¡Hijo de la arcilla!, ¿qué quieres tú de mí?

Los siete Espíritus

La tierra, el océano, el aire, la noche, las montañas,
los vientos y tu estrella a tu disposición y mando están.
Ante ti se hallan a tu petición sus respectivos espíritus;
dinos, hijo de mortales, ¿qué es lo que nos pedirás?

Manfred

El olvido.

Primer Espíritu

¿De qué; de quién; por qué?

Manfred

De aquello que hay dentro de mí; leedlo allí:
bien lo conocéis, y pronunciarlo yo no puedo.

Espíritu

Nosotros sólo podemos otorgarte lo que poseemos:
pídenos súbditos, soberanía, el poder
sobre la tierra, su totalidad o una parte,
o un signo con el cual controlar los elementos
que están bajo nuestro dominio; todas estas cosas
pueden ser tuyas.

Manfred

El olvido, el propio olvido...

¿no podéis acaso arrancar de los ocultos reinos
que tan profusamente ofrecéis esto que pido?

Espíritu

No está en nuestra esencia ni en nuestras facultades;
pero... podrías morir.

Manfred

¿Puede la muerte concedérmelo?

Espíritu

Nosotros somos inmortales, y no olvidamos;
nosotros somos eternos, y por eso el pasado nos es,
como el futuro, presente. ¿Te hemos respondido?

Manfred

Os burláis de mí; pero el poder que os ha traído aquí
os ha hecho míos. ¡Esclavos, no os riais de mi voluntad!
La mente, el espíritu, la llama prometeica,
el relámpago de mi ser, son tan brillantes,
penetrantes y de largo alcance como los vuestros,
y no se rendirán ante ustedes, aunque encerrados en arcilla.
¡Responded, u os haré saber bien pronto quién soy!

Espíritu

Respondemos como respondimos; nuestra respuesta
estuvo incluso en tus propias palabras.

Manfred

¿A qué os referís?

Espíritu

Si, como tú aseguras, tu esencia es similar a la nuestra,
te hemos respondido al decirte que aquello que los mortales
llaman muerte no tiene relación alguna con nosotros.

Manfred

Entonces en vano os he llamado de vuestros reinos:
no podéis, o no queréis, ayudarme.

Espíritu

No es así:

lo que poseemos lo ofrecemos, es tuyo.
Piénsalo antes de despedirnos, pide de nuevo:
soberanía, dominio, poder, largos días...

Manfred

¡Malditos! ¿Qué me interesan a mí los días?
Demasiado largos son ya. Suficiente, ¡partid!

Espíritu

Cálmate; estando aquí, nuestra voluntad es servirte.
Piénsalo bien, ¿no hay ningún otro don, entonces,
que podamos hacer no menos digno a tus ojos?

Manfred

No, ninguno. Pero aguardad un momento antes de iros:
deseo contemplaros cara a cara. Puedo oír
vuestras voces, sonidos dulces y melancólicos,
cual música en las aguas, y puedo ver
el firme aspecto de una brillante estrella,
pero nada más. Aproximaos tal como sois,
o uno, o todos, en vuestra forma habitual.

Espíritu

Nosotros no tenemos forma más allá de los elementos
de los que somos el espíritu y el principio.
Pero elige tú una forma y en ella apareceremos.

Manfred

No elijo nada; no hay forma en la tierra que pueda
ser horrible o bella para mí. Que aquel que sea
el más poderoso de vosotros tome el aspecto
que le parezca más adecuado para sí. ¡Adelante!

Séptimo Espíritu (*apareciendo en la forma*
¡Contempla!                          [*de una hermosa mujer)*

Manfred

¡Oh, Dios! Si esto es así, y tú
no eres una locura y una infame burla,
podría aún ser yo tan feliz... ¡Te abrazaré
y volveremos a ser...!

*(La figura se desvanece.)*

¡Mi corazón se rompe!

*(Manfred cae sin sentido.)*


*(Una voz entona el encantamiento que sigue.)*
Cuando la luna esté en la ola;
    la luciérnaga, en el pasto;
el meteoro, en la tumba;
    y el fuego fatuo, en el pantano;
cuando las estrellas fugaces caigan,
los búhos ululen en la distancia
y las silenciosas hojas estén calmas
en la densa sombra de la montaña,
mi alma sobre la tuya estará
con un poder y una señal.

Aunque tu sueño sea profundo
tu espíritu nunca dormirá:
hay sombras que no se desvanecerán,
recuerdos que no podrás desterrar;
por un poder que te es desconocido,
nunca más podrás hallar la soledad;
estás envuelto como en una mortaja,
estás rodeado por una nube,
y por siempre vivirás así oprimido
en el espíritu de este negro hechizo.

Aunque no me veas tú pasar,
con tus ojos igual me sentirás,
como algo que, aunque invisible,
a tu lado ha estado y aún allí seguirá;
y cuando, en ese secreto temor,
hayas girado tu cabeza alrededor,
te asombrarás al ver que no soy
como tu sombra en aquel lugar;
y el poder que entonces sentirás
será aquello que siempre ocultarás.

Y un mágico verso y una voz
te bautizaron con una maldición;
y un espíritu del aire
con un lazo te rodeó;
en el viento un susurro habrá
que te prohibirá el sosiego hallar;
la noche por siempre te negará
de la quietud de su cielo disfrutar;
y todo día un sol tendrá
que te hará desear verlo terminar.

De tus falsas lágrimas destilé
una esencia con poder para matar;
de tu corazón exprimí luego
tu negra sangre de su negro manantial;
de tu sonrisa arranqué la serpiente
que anidaba allí como en un matorral;
de tus palabras filtré una poción
que aún mayor toxicidad les confirió;
y, al probar cada veneno conocido,
el más letal resultó el de ti obtenido.

Por tu frío pecho y tu sonrisa ponzoñosa,
por las insondables simas de tu astucia,
por tu mirada falsamente virtuosa,
por la hipocresía de tu alma oculta;
por la perfección de tus negras artes,
que hacen que por humano pases;
por el placer que al dañar obtienes
y por los lazos que con Caín tú tienes,
¡te llamo ahora y te condeno
a que te vuelvas tu propio infierno!

Y sobre tu cabeza vierto el frasco
que te consagra a este funesto sino;
ni morir ni hallar descanso
estará ya en tu destino.
Aunque la muerte ansíes encontrar,
sólo miedo ella en ti engendrará.
¡Ved!, el hechizo ya se manifiesta,
estás atado por una invisible cadena;
tu corazón y tu mente ya sucumben
al poderoso maleficio, ¡ahora sufre!

ESCENA II
(El monte Jungfrau. Tiempo: la mañana.
Manfred, solo sobre los peñascos.)


Manfred

Los espíritus que he invocado me han abandonado,
los hechizos que he estudiado han fracasado,
el remedio que tanto esperaba fue tortura;
ya no me inclinaré hacia la ayuda sobrehumana:
no tiene poder sobre el pasado, y, en cuanto al futuro,
en tanto el pasado no esté sumergido en tinieblas
no es objeto de mi búsqueda... ¡Madre Tierra!,
y tú, fresco día que naces, y vosotras, montañas:
¿por qué sois tan bellos? Yo no puedo amaros.
Y tú, luminoso ojo del universo,
que te abres sobre todo y que para todos
eres gozo: tú no brillas sobre mi corazón.
Y vosotros, oh, peñascos, en cuyo último borde
me paro, observando en las márgenes del torrente debajo
a los altos pinos disminuidos al tamaño de arbustos
en el vértigo de la distancia, cuando un salto,
una agitación, un movimiento, incluso una exhalación
podrían llevar a mi pecho al lecho de vuestros rocosos senos
para por siempre allí descansar... ¿Por qué vacilo?
Siento el impulso, y sin embargo no me arrojo;
veo el peligro, y sin embargo no retrocedo;
y mi mente se tambalea, mas mi pie se mantiene firme.
Hay sobre mí un poder que me retiene
y que hace mi eterna fatalidad el seguir viviendo,
si es que puede llamarse vida a llevar dentro de mí
esta desolación de espíritu y a ser
el propio sepulcro de mi alma, pues he dejado
hasta de justificar mis actos ante mí mismo,
la última debilidad del mal.


*(Un águila pasa.)*


Sí, tú,
alado ministro que hiendes las nubes y cuyo feliz vuelo
es el que más alto se remonta hasta el cielo,
bien podrías abatirte ahora sobre mí: yo sería
tu presa y alimentaría a tus hambrientas crías,
mas te has ido a donde el ojo ya no puede seguirte,
si bien el tuyo aún atraviesa todo hacia abajo, delante
o arriba con una penetrante visión. ¡Hermosa criatura!
¡Cuán bello es todo el mundo visible!

¡Cuán glorioso en su acción y en su ser!
Pero nosotros, que osamos llamarnos sus soberanos,
nosotros, mitad polvo, mitad deidad, tan incapaces
de hundirnos como de elevarnos, con nuestra impura esencia
creamos un conflicto entre los dos elementos
y respiramos el aliento de la degradación y del orgullo,
luchando entre bajas necesidades y una altiva voluntad,
hasta que nuestra mortalidad predomina y los hombres
se vuelven aquello que no osan nombrarse a sí mismos
y que jamás se mencionan unos a otros.

*(Se oye la flauta de un pastor a la distancia.)*

¡Oíd esas notas!
La música natural de la caña de las montañas
(pues aquí los días patriarcales no son una mera
fábula pastoral) resuena en el aire generoso,
mezclándose con las dulces campanas del rebaño que se pasea;
mi alma beberá de estos ecos. ¡Ah, si pudiera yo ser
el invisible espíritu de un encantador sonido,
una voz viviente, una armonía exhalante,
un gozo libre de cuerpo, naciendo y muriendo
con la bendita tonada que me generase!

*(Entra desde abajo un* Cazador de gamuzas.*)*

Cazador de gamuzas
Aun así,
sé que hacia aquí vino la gamuza: sus ágiles saltos
me han burlado. Mis ganancias hoy apenas
justificarán mi peligroso trabajo. ¿Quién está allí?
No parece de mi oficio, y sin embargo ha alcanzado
una altura a la que ninguno de nuestros alpinistas,
excepto por nuestros mejores cazadores, puede llegar.
Sus vestiduras son ricas; su porte, varonil; y su semblante,
a esta distancia, parece orgulloso como el de un hombre libre.
Me aproximaré más a él.

Manfred *(sin percibir al otro)*
Ser de esta manera,
canoso por la angustia, como estos arrasados pinos,
ruinas de un solo invierno, sin corteza, sin ramas,
un tronco destruido sobre una raíz maldita
que sólo proporciona un sentimiento de decadencia;
¡ser de esta manera, de esta manera eternamente,
habiendo sido de otro modo! Ahora todo surcado



*Lord Byron*

por arrugas, labradas no por años, sino por instantes
y por horas a las que las torturas han hecho parecer edades,
horas a las que sobrevivo... ¡Oh, vosotros, altos peñascos de hielo,
y vosotras, avalanchas, a quienes un suspiro puede hacer caer
en montañosa destrucción, venid y aplastadme!
Os oigo momentáneamente arriba, debajo,
cayendo estrepitosamente en frecuente conflicto, pero pasáis
y sólo caéis sobre cosas que querrían seguir viviendo:
sobre el joven bosque que florece, o sobre la cabaña
y los caseríos de los indefensos aldeanos.


CAZADOR DE GAMUZAS

Las nieblas comienzan a ascender desde el valle;
le avisaré que descienda, o de otro modo
podría perder a la vez su camino y su vida.


MANFRED

Las nieblas hierven alrededor de los glaciares; veloces nubes
ascienden en espiral por debajo de mí, blancas y sulfurosas,
como espuma del enfurecido océano del profundo Infierno,
cada una de cuyas olas rompe contra alguna costa viviente
en la que los condenados se amontonan como guijarros.
El vértigo me turba.


CAZADOR DE GAMUZAS

       Debo aproximarme a él cautelosamente;
apenas un movimiento brusco podría sobresaltarle,
y ya parece a punto de caer.


MANFRED

       Montañas han caído,
dejando un vacío en las nubes, sacudiendo
con el impacto a sus hermanas alpinas, cubriendo
los maduros valles verdes con restos de su destrucción
y obstruyendo los ríos con un súbito choque
que transformó las aguas en niebla y obligó
a sus fuentes a encontrar un nuevo curso; así,
en su ancianidad, sucedió con el monte Rosenberg...
¿por qué no estaba yo debajo de él?


CAZADOR DE GAMUZAS

       ¡Ten cuidado,
amigo, o tu próximo paso podría serte fatal!
¡Por el amor de aquel que te creó, no pises tan al borde!

Manfred (sin oírlo)

Tal habría sido para mí una tumba adecuada: mis huesos
habrían permanecido entonces en paz en lo profundo
y no habrían sido arrojados sobre las rocas
para ser recreo del viento, como lo serán ahora
en este simple salto. ¡Adiós, oh, abiertos cielos!;
y no me miréis así, con ese ceño de reproche:
vosotros no erais para mí. ¡Tierra, toma estos átomos!

(Mientras Manfred está en el acto de arrojarse al precipicio,<br>
el Cazador de gamuzas lo sujeta y retiene<br>
con un rápido movimiento.)

Cazador de gamuzas

¡Alto, insensato! Aunque estés ya cansado de tu vida,
no manches nuestros puros valles con tu sangre culpable.
Ven, ven conmigo; no soltaré mi presa.

Manfred

Me siento muy mal; no, no me agarréis,
soy todo debilidad; las montañas se arremolinan
y giran a mi alrededor; se me nubla la vista... ¿Quién sois?

Cazador de gamuzas

Contestaré a eso después. Ahora ven conmigo;
las nieblas se están poniendo muy densas. Inclínate sobre mí,
pon aquí tu pie... ten, toma este cayado y aférrate
un momento a ese arbusto... ahora dame tu mano
y agárrate firmemente de mi cinturón... con suavidad...
muy bien. Llegaremos a la casilla en alrededor de una hora.
Vamos, pronto encontraremos un terreno más seguro
para pisar, y algo parecido a un sendero que el torrente
ha dejado limpio desde el invierno. Vamos, eres valiente,
deberías haber sido cazador. Sigue mis pasos.

(Mientras descienden dificultosamente por entre las rocas,<br>
la escena se cierra.)

Fin del Acto I

# ACTO II

ESCENA I
(Una cabaña en medio de los Alpes berneses.
Manfred y el Cazador de gamuzas.)


Cazador de gamuzas
No, no, espera, no debes ir más lejos por ahora:
ni tu mente ni tu cuerpo se encuentran aptos
para confiar el uno en el otro, al menos por unas horas;
cuando te encuentres mejor, yo seré tu guía...
pero ¿hacia dónde?

Manfred
Eso no te importa; conozco
mi camino más que bien y no necesito guía alguno.

Cazador de gamuzas
Tus vestiduras y tus maneras hablan de un alto linaje,
de uno de los muchos jefes cuyos elevados castillos
dominan los valles inferiores: ¿cuál de aquellos
es el que te tiene por señor? Sólo conozco sus portales;
mi modo de vida muy raramente me conduce abajo,
a calentarme junto a los grandes hogares de esas viejas salas
y beber con los vasallos, si bien los caminos
que llevan desde nuestras montañas hasta sus puertas
me son conocidos desde la infancia. ¿Cuál es el tuyo?

Manfred
No importa.

Cazador de gamuzas
Bien, señor, perdone mi pregunta
y mejore un poco su humor. Vamos, prueba mi vino.
Es de una vieja cosecha; muchas veces
ha deshelado mis venas entre los glaciares: que ahora
lo mismo haga por las tuyas. Vamos, brindemos.

Manfred

¡Atrás, atrás!, ¡hay sangre en los bordes!
¿Es que nunca... nunca será reabsorbida por la tierra?

Cazador de gamuzas

¿Qué estás diciendo? Tus sentidos se hallan extraviados.

Manfred

Digo que es sangre, ¡mi sangre!, el puro y cálido arroyo
que corrió por las venas de mis padres, y por las nuestras
mientras estábamos en nuestra juventud, teníamos
un solo corazón y nos amábamos como jamás debimos amar;
sangre que fue derramada, pero que aún asciende
y tiñe de rojo las nubes que me prohíben ese Cielo
en el que tú no estás... y en el que yo no estaré jamás.

Cazador de gamuzas

Hombre de extrañas palabras, y de algún enloquecedor pecado
que te hace poblar el vacío: cualesquiera sean tu temor
y tu sufrimiento, aún puedes encontrar alivio en la ayuda
de los hombres santos y en la paciencia de los Cielos.

Manfred

¡Paciencia, paciencia! Déjame: esa palabra fue hecha
para bestias de carga, no para aves de presa;
predícasela a los mortales nacidos de tu mismo polvo:
yo no soy de tu orden.

Cazador de gamuzas

    ¡Al Cielo gracias doy!
No sería de tu orden ni aun por toda la fama
de Guillermo Tell; pero, cualquiera sea tu mal, debe ser
soportado, y esos ciegos arranques de poco te servirán.

Manfred

¿Y acaso no lo soporto? Mírame: vivo.

Cazador de gamuzas

Eso es convulsión, no una vida saludable.

Manfred

Te diré, hombre, que he vivido muchos años,
muchos largos años, pero no son nada ahora
comparados con aquellos que aún debo contar:
edades, edades, espacio y eternidad... y conciencia,
con una feroz sed de muerte que saciada nunca será.

Sin embargo, sobre tu frente el sello de la mediana edad
apenas ha arraigado: yo soy mucho mayor que tú.

Manfred
¿Piensas que la existencia depende del tiempo?
Así parece; pero son las acciones nuestras épocas,
y las mías han hecho mis días y mis noches interminables,
eternas, y todas iguales, como las arenas de una playa,
átomos innumerables, un desierto frío y desolado
contra el cual rompen las más salvajes olas
sin que nada quede, salvo cadáveres, ruinas,
rocas y las saladas algas de la amargura.

Cazador de gamuzas
¡Ay!, ¡está loco!; pero no debo dejarlo aún.

Manfred
Desearía poder estarlo, pues entonces aquello que veo
sería tan sólo el febril delirio de un enfermo.

Cazador de gamuzas
                                        ¿Y qué es
eso que ves, o que crees estar viendo?

Manfred
A mí mismo, y a ti, un labriego de los Alpes;
tus humildes virtudes, tu hospitalario hogar
y tu paciente espíritu, piadoso, orgulloso y libre;
tu respeto por ti mismo, nacido de inocentes pensamientos;
tus días de salud y tus noches de reposo; tus trabajos
dignificados por el peligro, aunque libres de culpa;
tus esperanzas de una grata vejez y de una sosegada tumba,
con una cruz y flores sobre su verde hierba
y el amor de tus nietos como epitafio;
todo esto veo... y entonces miro a mi interior...
Mas no importa: ¡mi alma ya estaba perdida desde antes!

Cazador de gamuzas
¿Es que querrías, entonces, cambiar tu existencia por la mía?

Manfred
No, amigo. No te haría tal mal, ni cambiaría
mi destino con el de ser vivo alguno: puedo soportar
(si bien miserablemente, sigue siendo soportar)
en vida lo que otros ni aun podrían aguantar soñar,
sino que perecerían en su sueño.

Cazador de gamuzas

                              ¿Y puedes,
con tan cautos sentimientos por el dolor de otros,
haber caído en la negrura del mal? No, no lo digas.
¿Puede alguien de buenos pensamientos haber tomado
venganza contra sus enemigos?


Manfred

                              ¡Oh, no, no, no!
Mis crímenes cayeron sobre aquellos que me amaban,
sobre aquellos que yo más amaba. Jamás derribé
a un enemigo, salvo en mi justa defensa; mis errores
fueron contra aquellos a quienes debí haber acariciado,
pero mi abrazo fue fatal.


Cazador de gamuzas

                              ¡Que el Cielo te dé reposo
y la penitencia te restituya a ti mismo!
Mis plegarias serán por ti.


Manfred

                              No las necesito,
mas puedo soportar tu piedad. Me marcho;
ya es hora. ¡Adiós! Aquí tienes oro y mi agradecimiento;
no digas nada: bien los mereces. Y no me sigas;
conozco mi camino y ya ha pasado el peligro de la montaña.
Una vez más te lo encargo, ¡no me sigas!


*(Sale Manfred.)*




ESCENA II
(Un profundo valle en medio de los Alpes.
Una catarata. Entra Manfred.)



Manfred

Aún no es mediodía; los rayos de un arco iris cruzan
por sobre el torrente, con todos los matices del cielo,
y la ondulante columna de extendida plata fluye
sobre el perpendicular y abrupto precipicio,
lanzando sus líneas de espumosa luz en todas
direcciones y semejando así la cola de un caballo blanco,
el gigante corcel que será cabalgado por la Muerte,
como está escrito en el Apocalipsis. No hay más ojos



*Lord Byron*

que los míos bebiendo ahora de esta visión de hermosura;
nada debería interrumpir esta dulce soledad,
y sólo con el Espíritu del lugar debería compartir
el homenaje de estas aguas. Voy a llamarle.

(Manfred toma algo de agua en la palma de su mano<br>
y la arroja al aire, murmurando la invocación.<br>
Tras una pausa, la Hechicera de los Alpes<br>
aparece bajo el arco iris del torrente.)

¡Hermoso Espíritu, con tus cabellos de luz
y tus deslumbrantes ojos de gloria, en cuya forma
los encantos de las menos mortales hijas de la Tierra
crecen a una altura sobrenatural, en una esencia
de elementos más puros, mientras que los matices de la juventud
(encarnados como las mejillas de un infante dormido
que es acunado por los latidos del corazón de su madre,
o como los tintes rosados que el crepúsculo del verano
derrama sobre las elevadas nieves vírgenes de los glaciares,
el sonrojarse de la tierra al abrazarse con el cielo)
tiñen tu aspecto celestial y eclipsan parcialmente
las bellezas del arco iris que se inclina sobre ti!
¡Hermoso Espíritu!, en tu calma y clara frente,
donde la serenidad de tu alma se refleja,
lo que por sí mismo revela inmortalidad,
puedo leer que perdonarás tú a un hijo de la Tierra,
a quien los poderes más abstrusos permiten
comunicarse en ocasiones con ellos, si se ha
valido él de sus hechizos para llamarte así
a fin de contemplarte por un momento.

La Hechicera

                        ¡Hijo de la Tierra!,
te conozco, a ti y a los poderes que te han dado poder;
te conozco como a un hombre de muchos pensamientos,
de acciones de bien y de mal, extremo en ambas,
fatalmente condenado a grandes sufrimientos.
Esperaba este día; ¿qué deseas de mí?

Manfred

Contemplar tu belleza, nada más que eso.
El rostro de la tierra me ha enloquecido,
por lo que me he refugiado en sus misterios
y he entrado a las moradas de aquellos que la gobiernan;
pero ellos en nada pueden ayudarme. Les he pedido
aquello que no pueden conferir, y ahora
he dejado de buscar.

LA HECHICERA
¿Cuál puede ser la búsqueda
que no está en el poder de los más poderosos,
los gobernantes de lo invisible?

MANFRED
Un simple deseo.
Pero ¿por qué habría de repetirlo? Sería en vano.

LA HECHICERA
No lo conozco. Que tus labios lo profieran.

MANFRED
Bien, aunque ello me tortura, me es lo mismo:
mi agonía encontrará una voz. A partir de mi juventud,
mi espíritu no caminó con las almas de los hombres,
ni pude ya mirar a la tierra con ojos humanos;
la sed de su ambición no era mía;
la finalidad de su existencia no era mía;
mis alegrías, mis aflicciones, mis pasiones y mis poderes
me hicieron un extraño; aunque llevaba su forma,
no simpatizaba con la carne viviente,
ni entre las criaturas de arcilla que me rodeaban
había sino una... pero de ella luego. Decía
que con los hombres, y con los pensamientos de los hombres,
yo no tenía sino un leve contacto; pero, en cambio,
toda mi dicha se hallaba en lo desolado, en respirar
el difícil aire de las heladas cimas de las montañas,
donde las aves no se atreven a anidar ni alas de insecto
se agitan sobre la piedra carente de hierba,
o en sumergirme en el torrente y nadar en el veloz
remolino de la ola que acababa de romper,
ya de río o de océano, en su fluir.
En esto encontraban gozo mis tempranas fuerzas,
o en seguir a través de la noche la marcha de la luna,
las estrellas y su revolución, o en atrapar con la mirada
los deslumbrantes relámpagos hasta que mi vista
se oscurecía, o en observar, escuchando, las hojas caídas
mientras los vientos del otoño entonaban sus nocturnos cánticos.
Estos eran mis pasatiempos, y estar solo;
pues si los seres de los que yo era uno,
odiando serlo, se cruzaban en mi camino,
yo me sentía nuevamente degradado a ellos
y era arcilla una vez más. Y entonces me zambullía,
en mis solitarios vagabundeos, en las cavernas de la muerte,
buscando su causa en su efecto, y sacaba,
de los blancos huesos, los cráneos y el polvo amontonado,

conclusiones de lo más prohibidas. Luego pasé las noches
de muchos años en las ciencias, ciencias sólo enseñadas
en las edades antiguas; y con tiempo y fatiga,
y pruebas terribles, y una penitencia tal
como la que en sí misma tiene poder sobre el aire
y los espíritus que dominan aire, tierra,
el espacio y el poblado infinito, volví
a mis ojos familiares con la Eternidad,
así como, antes que yo, lo hicieron los brujos
y aquel que de las fuentes que tenían por morada evocó
a Eros y a Anteros, en la remota Gadara,[1]
como yo hice contigo; y con mi saber creció
mi sed de saber, y el poder y el gozo
de esta brillante inteligencia, hasta que...

LA HECHICERA

Prosigue.

MANFRED

    ¡Oh!, sólo he prolongado así mis palabras,
jactándome de todos estos ociosos atributos,
porque mientras me aproximo al núcleo del dolor
de mi corazón... pero a mi tarea. No te he mencionado
padre, madre, mujer, amigo o ser alguno
con quien yo tuviera la cadena de lazos humanos;
si he tenido tales, no me lo han parecido a mí.
Sin embargo, hubo una...

LA HECHICERA

    No te detengas. Prosigue.

MANFRED

Ella era similar a mí en lineamientos; sus ojos,
su cabello, sus facciones, todo, hasta aun el mismo tono
de su voz, se decía que eran idénticos a los míos,
pero todo suavizado y temperado hacia la belleza;
ella tenía los mismos pensamientos y vagabundeos solitarios,
la búsqueda de saberes ocultos y una mente
para comprender el universo. Y no todo esto solo,
sino unidas a ello facultades mucho más finas que las mías:
piedad, sonrisas y lágrimas, que yo no tenía;
y ternura, que yo sólo para ella podía tener;
y humildad, que yo tener nunca podré.
Sus faltas eran mías; sus virtudes eran sólo suyas;
yo la amé... y la destruí.

---

[1] Se refiere al filósofo neoplatónico sirio Jámblico, a quien se atribuían poderes mágicos.

La Hechicera
¿Con tu mano?

Manfred
No con mi mano, sino con mi corazón, que rompió el suyo,
el cual se contemplaba en el mío y se marchitó. Yo había
derramado sangre, pero no la suya; aun así, su sangre
se derramó. Yo la vi, mas no la pude restañar.

La Hechicera
                              ¿Y por esto,
por un ser de la raza que tú desprecias,
la orden por sobre la cual la tuya pretende elevarse,
mezclándote con nosotros y lo nuestro, dejas tú detrás
los dones de nuestro gran conocimiento y retrocedes
a tu cobarde mortalidad? ¡Atrás!

Manfred
¡Hija del Aire!, te digo que desde esa hora...
pero las palabras son sólo aliento: obsérvame en mis sueños,
o contempla mis vigilias; ven y siéntate junto a mí.
Mi soledad ya no es una verdadera soledad,
sino que está poblada por las furias[2]; he hecho rechinar
mis dientes en la oscuridad hasta el retorno de la mañana
y luego me he maldecido hasta la puesta del sol; he rogado
por la locura como una bendición, y me ha sido negada.
He afrontado la muerte, pero en la guerra
de los elementos las aguas retrocedieron ante mí
y eventos mortales pasaron sin hacerme daño alguno;
la fría mano de un inclemente demonio me ha retenido siempre,
asiéndome por un simple cabello, cabello que no se romperá.
En la fantasía, en la imaginación y en toda
la afluencia de mi alma, la cual en otros tiempos fue
un creso[3] en la creación, profundamente me he sumergido,
pero, como una ola decreciendo, siempre me ha dejado de nuevo
en los abismos de mis insondables pensamientos.
Me hundí entre los humanos; busqué el olvido
por todas partes, salvo allí donde puede ser hallado,
y eso es lo que necesito descubrir; mis ciencias,
mis largamente perseguidas artes sobrehumanas,
son mortales aquí; estoy condenado a morar en mi desesperación,
y vivo... y vivo para siempre.

---

[2] Divinidades infernales romanas, equivalentes a las erinias griegas, que personificaban los remordimientos. Se les rendía culto como diosas de la venganza que acosaban a los criminales.

[3] De Creso, antiguo rey de Lidia célebre por sus riquezas, sinónimo de hombre opulento.

LA HECHICERA

Es posible
que ayudarte yo pueda.

MANFRED

Para hacerlo, tu poder debería
ser capaz de despertar a los muertos, o de enviarme a mí
con ellos. Hazlo, de cualquier forma, en cualquier hora,
con cualquier tortura, que nada importa si esta es la última.

LA HECHICERA

Tal cosa no está en mis atributos; pero si juras
obediencia a mi voluntad, y cumples
con mis mandatos, puede que tus anhelos encuentren fin.

MANFRED

No juraré eso. ¿Obedecer? ¿A quién?, ¿a los espíritus
cuya presencia yo gobierno, para volverme así el esclavo
de aquellos que me sirven? ¡Nunca!

LA HECHICERA

¿Es eso todo?
¿No tienes respuesta más cortés que esa? Piénsalo mejor
y tómate tu tiempo antes de rechazarlo.

MANFRED

He hablado.

LA HECHICERA

¡Suficiente! Me retiraré, entonces... ¡dilo!

MANFRED

¡Retírate!

(*La* HECHICERA *desaparece.*)


MANFRED (*solo*)

Somos títeres del tiempo y del terror: los días se nos acercan
y nos despojan de todo; no obstante ello, vivimos,
aborreciendo nuestra vida y temiendo, sin embargo, morir.
En todos los días de este odioso yugo,
de esta palpitante carga, de este maldito aliento,
de este peso vital que cae sobre un corazón que se debate,
que se agobia de tristeza o que late rápidamente por el dolor
o por una alegría que termina en desmayo o agonía,
en todos los días del pasado y del futuro,

pues en esta vida no hay presente, podemos contar
cuán pocos, cuán menos que pocos son aquellos
en los que el alma no ansía la muerte y aun así sigue
retrocediendo de ella como de un arroyo en invierno,
aunque el frío sea sólo momentáneo. Me queda aún un recurso
en mis oscuras ciencias: puedo llamar a los muertos
y preguntarles qué es eso que tanto tememos ser;
la peor respuesta sólo puede ser la Tumba,
y eso no es nada. Si no me contestan...
pero el profeta enterrado le respondió a la bruja de Endor;[4]
y aquel monarca de Esparta extrajo
del espíritu en pena de la doncella bizantina
una respuesta y su destino: había matado
a aquella a la que amaba sin saber a quién muerte daba
y murió sin perdón, aun cuando invocó en su ayuda
al Júpiter Fixio[5], aun cuando en Figalia reunió
a los más renombrados evocadores arcadios
para obligar a la irritada sombra a deponer su rabia
o a fijar término a su venganza, a lo que ella respondió
con palabras de dudoso sentido, mas finalmente cumplidas.[6]

Si yo nunca hubiese vivido, aquella a la que amo
aún estaría viviendo; si nunca hubiese amado,
aquella a la que amo aún sería hermosa,
feliz y dando felicidad. ¡Ah! ¿Qué es ella?,
¿qué es ella ahora? Una víctima de mis pecados...
un objeto en el que no me atrevo a pensar... o nada.
En pocas horas no llamaré en vano,
mas en este momento temo aquello que osaré hacer;
hasta el día de hoy nunca he retrocedido al contemplar
espíritu alguno, benigno o malvado... ahora tiemblo
y siento un extraño frío deslizándose sobre mi corazón.
Pero puedo llevar a cabo aun lo que más aborrezco
y triunfar sobre los temores humanos. La noche se cierra.

*(Sale.)*

---

[4] La invocación del espíritu del profeta Samuel por parte de la pitonisa de Endor, llevada a cabo a instancias del rey Saúl, se encuentra en el primer libro de Samuel, 28, vers. 3-25.

[5] Del griego Φυξίου, epíteto dado al Zeus cuyo atributo era proteger a fugitivos y perseguidos.

[6] Según Plutarco (*Vidas paralelas*, Cimón, VI, 4), el rey Pausanias, encontrándose en Bizancio, se enamoró de Cleónice, una virgen noble, y ordenó que se la enviaran a su lecho. Al entrar dicha doncella al cuarto del rey a oscuras, mientras este dormía, tropezó con una lámpara. El rey, despertando de golpe, la tomó por un intruso y la mató, tras lo cual el fantasma de ella comenzó a acosarlo noche tras noche. A fin de solicitar su perdón, Pausanias hizo invocar la sombra de la difunta, quien le prometió que lo dejaría libre a su regreso a Esparta, lugar donde, al llegar, el monarca encontró la muerte.



*Lord Byron*

ESCENA III
(La cima del monte Jungfrau.
Entra el PRIMER DESTINO.)

PRIMER DESTINO[7]

La luna asciende amplia, redonda y brillante;
y en este sitio, en las nieves, donde jamás el humano pie
de un común mortal holló, pisamos nosotras por las noches
sin dejar huella alguna; sobre este salvaje mar,
el cristalino océano de hielo de la montaña,
pasamos, rozando sus tempestuosas rompientes, las cuales
guardan el aspecto de la confusa espuma de un mar tormentoso
congelado en un instante, imagen de un remolino muerto.
Y este fantástico pináculo, increíblemente escarpado,
obra de algún antiguo terremoto, sobre el cual las nubes
se detienen para reposar por un momento mientras viajan,
es sagrado para nuestras reuniones y para nuestras vigilias;
aquí espero a mis hermanas, en nuestro camino
al salón de Arimanes[8], pues esta noche se celebra
nuestro gran festival. Es extraño que aún no lleguen.

*(Una voz, fuera, cantando.)*
El usurpador cautivo,
    que del trono fue arrojado,
en sueños yacía enterrado,
    muy solo y olvidado.
Me abrí paso entre sus sueños,
    sus cadenas sacudí,
lo alié con grandes números,
    ¡y ahora es tirano otra vez!

Con la sangre de un millón responderá a mis cuidados,
con la destrucción de una nación, con su huida y su desesperación.

*(Segunda voz, fuera.)*

El barco navegaba sereno, el barco navegaba veloz,
pero no dejé un solo mástil, no dejé una sola vela,
no quedó ni un tablón del casco de su cubierta,
no quedó ni un miserable para el naufragio lamentar,
salvo uno, a quien conduje, cual un cisne, por los cabellos,
pues un sujeto muy digno de tales cuidados probó ser:
un traidor en la tierra y un pirata en el mar;
a fin de que causara más estragos para mí lo decidí salvar.

---

[7] Los destinos equivalen a las moiras griegas y a las parcas o fata romanas, divinidades regidoras del hado humano, también llamadas «hilanderas». Némesis era la diosa de la venganza.

[8] En la antigua religión mazdeísta de medos y persas, predicada por Zoroastro (o Zarathustra), Ahrimán (Ahra-Many) era el principio del mal, en contraposición a Ormuzd (Ahura-Mazda), el bien.

Primer Destino *(respondiendo)*
La ciudad yace dormida;
    la mañana, para deplorarlo,
puede despertar sobre ella llorando;
    lenta, taciturnamente,
la peste negra pasa sobre esas tierras,
    y entonces miles caen;
decenas de miles perecerán,
    los vivos huirán de los enfermos
a los que deberían cuidar,
    pero nada vencer podrá
al hálito por el cual tantos morirán.
    La tristeza y la angustia,
el temor y la maldad,
    envolverán así a una nación;
benditos serán los muertos,
    que ya no verán el espectáculo
de su propia desolación.
    Esta obra de una sola noche,
esta ruina de un reino, este efecto de mis actos,
por siglos he producido y aún seguiré renovando.

*(Entran el Segundo y Tercer Destinos.)*


Los tres Destinos
En nuestras manos yacen los corazones de los hombres,
    y nuestros pasos sus sepulcros son;
con el único objeto de volver a tomarlos,
    cedemos sus espíritus a nuestros esclavos.


Primer Destino
¡Bienvenidas! ¿Dónde está Némesis?


Segundo Destino
                        En alguna gran obra;
pero desconozco en cuál, pues mis manos estaban ocupadas.


Tercer Destino
¡Mirad!, ¡ahí viene!

*(Entra Némesis.)*


Primer Destino
¡Dinos!, ¿dónde has estado?
Esta noche tú y mis hermanas os habéis retrasado.

NÉMESIS

Estaba ocupada reparando tronos destruidos,
casando idiotas, restaurando dinastías,
vengando a hombres de sus enemigos
y haciéndolos de su propia venganza arrepentirse,
conduciendo a los sabios a la locura y extrayendo
de los ignorantes nuevos oráculos para gobernar el mundo,
pues los viejos se estaban poniendo demasiado anticuados
y los mortales se atrevían a pensar por sí mismos,
a poner reyes sobre la balanza y a hablar
de libertad, el fruto prohibido. ¡Mas basta ya!
Nos hemos retrasado demasiado, ¡a nuestras nubes subamos!

*(Salen.)*

ESCENA IV
(El salón de Arimanes. ARIMANES se halla sentado en su trono,
un globo de fuego, rodeado por los ESPÍRITUS.)

HIMNO DE LOS ESPÍRITUS

¡Salve nuestro Amo, Príncipe del Aire y de la Tierra,
   que camina sobre las nubes y las aguas, portando
en su mano el cetro de los elementos, que se desgarran
   en un enorme caos ante sus supremos mandatos!
Respira, y una tempestad sacude el mar;
   habla, y las nubes con truenos contestan;
abre sus ojos, y de su mirada huye la luz solar;
   se mueve, y terremotos hienden la tierra.
Bajo sus pasos los volcanes se levantan;
   su sombra es la Pestilencia; los cometas anuncian
su camino a través de un cielo que se agrieta;
   hechos cenizas ante su cólera caen todos los planetas.
A él la Guerra ofrece sacrificios día a día;
   a él la Muerte tributo debe pagar; suya es la Vida,
con todo su negro infinito de agonías;
   a él pertenece el espíritu de todo lo que respira.

*(Entran los DESTINOS y NÉMESIS.)*

PRIMER DESTINO

¡Gloria a Arimanes!, en la Tierra su poder
se incrementa. Mis dos hermanas cumplieron
con sus mandatos, y yo no descuidé tampoco mi tarea.

¡Gloria a Arimanes!, nosotras, que inclinamos ante nuestro rostro
las cabezas de los hombres, nos inclinamos ahora ante su trono.

Tercer Destino
¡Gloria a Arimanes!, aguardamos su señal.

Némesis
¡Soberano de Soberanos!, nosotras te pertenecemos,
y todo lo que vive, en mayor o menor medida, es nuestro,
y la mayor parte de las cosas lo es del todo; el incrementar más
nuestro poder, incrementando el tuyo, demanda nuestro deber,
y vigilando permanecemos. Tus últimos mandatos
han sido completamente realizados.

(Entra Manfred.)

Un Espíritu
                         ¿Qué hay aquí?
¡Un mortal! ¡Tú, el más temerario y fatal miserable,
inclínate y adora!

Segundo Espíritu
      Conozco a este hombre,
un mago de gran poder y terrible destreza.

Tercer Espíritu
¡Inclínate y adora, esclavo! ¿Acaso no conoces
a este Soberano tuyo y nuestro? ¡Tiembla y obedece!

Todos los Espíritus
¡Prostérnate tú y tu condenada arcilla,
hijo de la Tierra, o lo peor teme!

Manfred
                  Lo conozco,
mas ved que no me arrodillo.

Cuarto Espíritu
                  Te será enseñado.

Manfred
Ya lo ha sido; muchas noches en la fría Tierra,
sobre el desnudo suelo, mi rostro he inclinado,
esparciendo cenizas sobre mi cabeza; he conocido
el máximo de la humillación, pues he caído

ante mi vana desesperación y me he arrodillado
ante mi propia desolación.

Quinto Espíritu

          ¿Te atreves
a rehusar ante el trono del gran Arimanes
lo que toda la Tierra acepta, no contemplando
el terror de su gloria? ¡Al suelo, te lo ordeno!

Manfred

Decidle a él que se incline ante aquello que por encima
de él está, el omnipotente Infinito, la Causa primera,
que no lo creó para la adoración; que se arrodille
y nos arrodillaremos todos juntos.

Los Espíritus

             ¡Aplastad al gusano!
¡Hacedlo pedazos!

Primer Destino

     ¡Salgan de aquí, vamos! Él es mío.
Príncipe de los poderes invisibles, este hombre
no es del orden común, como su porte
y su presencia aquí denotan; sus sufrimientos
han sido de una naturaleza inmortal, similar
a la de los nuestros; su sabiduría, sus poderes
y su voluntad, tanto como es compatible con la arcilla,
que obstaculiza toda esencia etérea, han sido tales
como rara vez la arcilla ha portado; sus aspiraciones
han estado más allá de las de los moradores de la Tierra
y sólo le han enseñado lo que nosotros sabemos:
que la sabiduría no es felicidad y que la ciencia
sólo es el cambio de la ignorancia por aquello
que no es sino otro tipo de ignorancia también.
Y eso no es todo: las pasiones, atributos del Cielo
y de la Tierra de las que ningún poder, ningún ser,
ningún aliento ni aun de gusano se halla exento,
han desgarrado su corazón, y en consecuencia lo han hecho
alguien tal, que yo, que no puedo sentir piedad,
perdonaría a aquellos que de él se apiadaran.
Él es mío, y tuyo, puede ser; mas, sea así o no,
ningún otro Espíritu en esta región tiene
un alma como la suya o poder alguno sobre ella.

Némesis

¿Y qué hace entonces aquí?

PRIMER DESTINO
Que él conteste eso.

MANFRED
Vosotros sabéis lo que yo he aprendido y que sin poder
no podría entre vosotros ahora estar; pero existen
poderes mucho más profundos más allá: he venido
en busca de tales, para que respondan lo que deseo saber.

NÉMESIS
¿Cuál es tu pregunta?

MANFRED
Tú no podrías responderme.
Invocad a los muertos: mi pregunta es para ellos.

NÉMESIS
Gran Arimanes, ¿place a tu voluntad corresponder
a los deseos de este mortal?

ARIMANES
Sí.

NÉMESIS
¿A quién quieres
de su sepulcro sacar?

MANFRED
A una sin tumba. Llamad a Astarte.

NÉMESIS
¡Sombra o Espíritu,
lo que quiera que seas,
que aún mantienes heredada
una parte o la totalidad
de la forma de tu nacimiento
y de tu figura de arcilla
que a la tierra retornó:
reaparece al día!
¡Resucita tal como eras;
el corazón y la forma
y el aspecto que tenías
redime de los gusanos!
¡Aparece, aparece, aparece, aparece!
¡Quien allí te envió aquí te requiere!

MANFRED

¿Puede esto ser la muerte?, hay un rubor en sus mejillas;
mas ahora veo que no es un matiz vivo,
sino un extraño tono enfermizo, como el anormal rojo
que el otoño imprime en la hoja marchita.
¡Es la misma! ¡Oh, Dios!, ¡que yo deba temer
contemplar a la misma! ¡Astarte! No,
me es imposible hablarle; decidle que diga
si me perdona o me condena.

NÉMESIS

¡Por el poder que ha roto
el sepulcro que te tenía cautiva,
habla a aquel que ha hablado
o a aquellos que te han devuelto a la vida!

MANFRED

Permanece en silencio,
y en su silencio tengo respuesta más que suficiente.

NÉMESIS

Mi poder no puede hacer más que eso.
¡Príncipe del Aire!, queda sólo en ti ordenarle hablar.

ARIMANES

¡Espíritu, obedece a este espectro!

NÉMESIS

¡Aún en silencio!
Ella no es de nuestro orden, sino que pertenece
a los otros poderes. ¡Mortal!, tu búsqueda es vana
y también nosotros nos vemos frustrados.

MANFRED

¡Escúchame, Astarte, mi amada! ¡Oh, háblame!,
he soportado tanto... y soporto tanto aún.
¡Mírame!, la tumba no te ha cambiado más
de lo que yo he cambiado por ti. Me amaste
demasiado, como yo te amé a ti; no estábamos hechos
para torturarnos de ese modo, aunque haya sido
el más mortal pecado amar como lo hicimos nosotros.
Dime que no me odias, que yo cargo
con el castigo por ambos, que tú estarás

entre los bienaventurados, y que yo moriré;
pues hasta ahora todas las cosas odiosas han conspirado
para encadenarme a la existencia, en una vida
que me hace encoger ante la inmortalidad...
un futuro similar al pasado. No puedo descansar.
No sé lo que pregunto, ni lo que busco aun;
sólo siento lo que tú eres... y lo que soy yo,
y querría oír una vez más antes de perecer
la voz que mi música supo ser. ¡Oh, háblame!,
pues te he llamado en la quieta noche,
he sobresaltado a las durmientes aves en sus calladas ramas,
he despertado a los lobos de las montañas y he familiarizado
a las cuevas con los vanos ecos de tu nombre, y todos ellos
me han respondido, muchas cosas me han respondido, espíritus
y hombres, pero tú has permanecido siempre en silencio.
¡Mas háblame ahora! He velado más que las estrellas
y he contemplado los cielos en vano, buscándote a ti.
¡Háblame! He vagado a lo largo de toda la Tierra,
y nunca encontré sombra alguna de tu similitud. ¡Háblame!
Mira los demonios que nos rodean: ellos ansían mi vida,
mas yo no les temo y sólo sufro por ti.
¡Háblame!, aunque sea en cólera, mas dime algo...
no importa qué, pero déjame oírte una vez,
una sola... una sola vez más.

EL FANTASMA DE ASTARTE
Manfred.

MANFRED

                       ¡Sigue, sigue,
vivo sólo en el sonido... es... es tu voz!

EL FANTASMA

Manfred, mañana culminan tus males terrenos.
¡Adiós!

MANFRED

¡Una palabra más aún!, ¿estoy perdonado?

EL FANTASMA

¡Adiós!

MANFRED

¡Dime!, ¿nos volveremos a ver?

EL FANTASMA

               ¡Adiós!

LORD BYRON

MANFRED

¡Una palabra, por misericordia! ¡Dime que me amas!

El Fantasma

¡Manfred!

*(El Fantasma de Astarte se desvanece.)*

Némesis

Se ha ido y no volverá a ser llamada;
sus palabras se cumplirán. Retorna a la Tierra.

Un Espíritu

¡Está sufriendo convulsiones! Esto es ser un mortal
y buscar cosas que están más allá de la mortalidad.

Otro Espíritu

Sin embargo, ved cómo se controla,
haciendo a su tortura tributaria de su voluntad.
Si hubiese él pertenecido a nosotros, habría sido
un espíritu increíblemente poderoso.

Némesis

¿Tienes tú
más preguntas para el gran Soberano o sus adoradores?

MANFRED

No.

Némesis

Entonces nos despedimos, por un tiempo.

MANFRED

Nos volveremos a ver, entonces. ¿Dónde? ¿En la Tierra?

Némesis

Eso habrá de verse cuando el momento haya llegado.

MANFRED

Que sea como queráis; por la gracia concedida,
parto ahora en deuda con vosotros. ¡Adiós!

*(Sale Manfred.) (La escena se cierra.)*

Fin del Acto II

# ACTO III

ESCENA I
(Un salón en el castillo de Manfred.
MANFRED y HERMAN.)


MANFRED
¿Qué hora es?

HERMAN
Falta sólo una para la puesta del sol,
y se está prometiendo un crepúsculo hermoso.

MANFRED
Dime, ¿se han ya dispuesto todas las cosas en la torre
tal como lo ordené?

HERMAN
Todo se halla listo, milord;
aquí están la caja y la llave.

MANFRED
Muy bien;
puedes retirarte.

(*Sale* HERMAN.)


MANFRED (*solo*)
Hay una gran calma en mí,
inexplicable tranquilidad que hasta el día de hoy
no pertenecía a lo que yo conocía como vida.
Si no supiese yo que la filosofía
es la más fútil de todas nuestras vanidades,
la más simple de las palabras que engañaran nuestros oídos
de toda la jerga de los sabios, creería

al dorado secreto, el tan ansiado *kalón*[9], al fin hallado
y asentado sobre mi alma. Pero no durará,
si bien es bueno haberlo conocido, aunque sea por una vez:
ha ampliado mis ideas con un conocimiento nuevo
y podré ahora anotar en mi viejo diario
que existe tal sentimiento. ¿Quién llama?

*(Vuelve a entrar* Herman.*)*


Herman
Milord, el abad de St. Maurice se halla deseoso
de saludaros.

*(Entra el* Abad de St. Maurice.*)*


Abad
¡La paz sea contigo, conde Manfred!

Manfred
Gracias, santo padre. Sea bienvenido a estos muros;
su presencia aquí los honra y bendice a aquellos
que moran en su interior.

Abad
¡Oh, si así fuera, conde!
Mas querría poder conversar contigo a solas.

Manfred
Retírate, Herman.

*(Sale* Herman.*)*

¿Qué desea mi venerable huésped?

Abad
Lo diré sin preámbulos: mi edad, mi celo, mi oficio
y mi buena intención deberán excusar tal privilegio,
y nuestra próxima si bien no muy familiar vecindad
deberá también servirme de heraldo. Extraños rumores,
de una naturaleza impía, circulan allí fuera
asociados a tu nombre, un nombre noble
por siglos: ¡que aquel que lo lleva ahora
lo pueda transmitir sin mancha!

---

[9] Del griego *καλόν*, la belleza moral o sumo bien buscado por los filósofos de la Antigüedad.

MANFRED

Continúe, le escucho.

ABAD

Se asegura que mantienes estrecha relación con cosas
que están a la búsqueda del hombre vedadas;
que con los moradores de los parajes tenebrosos,
los innumerables espíritus condenados y malignos
que caminan en las sombras del valle de la muerte,
entras en contacto. Sé que con el género humano,
tus compañeros de la creación, muy raramente
intercambias tú ideas, y que tu soledad sería
como la de un anacoreta, si tan sólo fuese santa.

MANFRED

¿Y quiénes son los que afirman tales cosas?

ABAD

Mis piadosos hermanos, los asustados labriegos,
e incluso tus propios vasallos, que te observan
con los más preocupados ojos. Tu vida está en peligro.

MANFRED

Tómela.

ABAD

Vengo a salvar, no a destruir.
No deseo entrometerme en los secretos de tu alma;
pero, si estas cosas son ciertas, aún hay tiempo
para la penitencia y la compasión: reconcíliate
con la verdadera Iglesia y con el Cielo a través de ella.

MANFRED

He escuchado y esta es mi respuesta:
lo que yo haya sido, o sea ahora, queda
entre el Cielo y yo; no elegiré a un mortal
para que sea mi intercesor. ¿He pecado
contra sus santas órdenes?: pruébelo y castigue.

ABAD

¡Hijo mío!, yo no he hablado de castigo,
sino de penitencia y perdón: permanece en ti
la elección de tales caminos. Respecto de los dos últimos,
nuestras instituciones y nuestra ferviente fe
me han facultado para allanar el sendero que lleva
del pecado hacia esperanzas más altas y mejores pensamientos;
mas el primero se lo dejo al Cielo. «Sólo mía es la venganza»,

dijo el Señor, y, llenos de humildad, sus siervos
nos limitamos a repetir las terribles palabras.

MANFRED

Anciano, no hay poder en los hombres santos,
ni eficacia en la plegaria, ni purificadora forma
de penitencia, ni vigilia nocturna, ni ayuno,
ni agonía, ni (tormento mayor que todos estos)
innata tortura de esa profunda desesperación
que es el remordimiento sin el temor del Infierno,
pero que es en sí mismo suficiente
para hacer un Infierno del Cielo, que pueda exorcizar,
desde fuera del espíritu libre, el rápido sentido
de sus propios pecados, errores, sufrimientos, y vengarlo
sobre sí mismo; ni existe tampoco agonía futura que pueda
imponer la justicia que impone sobre su propia alma
aquel que a sí mismo se condena.

ABAD

                    Todo eso está muy bien,
pero con el tiempo pasará y será reemplazado
por una auspiciosa esperanza que mirará hacia arriba,
con calma seguridad, hacia ese bienaventurado lugar
que todo aquel que busca puede alcanzar,
cualesquiera sean sus errores terrenos, si fueron
correctamente expiados; y el comienzo de toda expiación
es la conciencia de su necesidad. Habla, entonces,
y todo lo que nuestra Iglesia pueda enseñar te será enseñado
y de todo aquello de lo que te pueda absolver te será perdonado.

MANFRED

Cuando el sexto emperador de Roma se hallaba cerca de su fin,
víctima de una herida que él mismo se había infligido
a fin de evitar los tormentos de una muerte pública
a manos de los senadores que fueran una vez sus esclavos,
un soldado, aparentando leal compasión, quiso detener
la sangre de la garganta con su manto servicial;
mas el romano agonizante lo echó atrás y le dijo,
con aún un resto de imperio en su mirada expirante:
«Ya es demasiado tarde; ¿es esto fidelidad?».[10]

ABAD

¿Y qué hay con ello?

---

[10] Cfr. Suetonio, *Los doce césares*, Nerón, 49. A decir verdad, no se trató del sexto emperador sino del quinto, si bien la confusión viene dada por la inclusión de Julio César en la
lista de césares.

MANFRED

Respondo con el romano:
«¡Ya es demasiado tarde!».


ABAD

Nunca puede serlo
para reconciliarte con tu propia alma y para que esta
lo haga con el Cielo. ¿Careces de esperanzas?
Es extraño... aun aquellos que de arriba desesperan
se forjan alguna fantasía en el mundo, frágil caña
a la que como hombres que se ahogan se aferran.


MANFRED

Sí, padre. He tenido, durante mi juventud,
ese tipo de nobles aspiraciones e ilusiones terrenas,
el anhelo de hacer de la mía la mente de los otros,
el de ser el iluminador de las naciones y el de elevarme,
no sé hasta dónde... quizás para luego sólo caer,
pero para caer como la catarata de la montaña,
que, habiendo saltado desde una vertiginosa altura,
en la espumosa fuerza de su hondo abismo
(que arroja vaporosas columnas que se transforman
en nubes que llueven desde los reascendidos cielos)
caída yace luego, pero poderosa aún. Mas esto ha pasado;
mis pensamientos se equivocaban entonces.


ABAD

¿Por qué?


MANFRED

Nunca pude dominar mi orgullosa naturaleza;
pues debe primero servir aquel que anhela gobernar,
y rogar, adular, vigilar siempre, observar por todas partes
y ser una mentira viviente aquel que anhela volverse
alguien poderoso entre los bajos seres que conforman
las masas; yo desdeñaba el tenerme que mezclar
con una manada, aun cuando de lobos y siendo yo su líder.
El león permanece solo, y así me encontré siempre yo.


ABAD

¿Y por qué no vivir y actuar como todos los demás?


MANFRED

Porque mi naturaleza era adversa a la vida;
y sin embargo no cruel, pues yo no deseaba hacer,
sino hallar una desolación. Como aquel viento,
el cálido y rojo aliento del solitario simún,

que sólo habita en el desierto, que sopla sobre las áridas
arenas carentes de arbustos a los cuales derribar,
que se deleita sobre esas salvajes y estériles ondas,
y que no busca, de modo que no es tampoco buscado,
mas el encontrarlo es mortal, así ha sido
el curso de mi existencia; y así fue que aparecieron
en mi camino cosas que ya no están.

ABAD

            ¡Ay!
Comienzo a temer que estás más allá de toda ayuda,
mía o de mi oficio; aunque aún tan joven,
yo quisiera todavía...

MANFRED

            ¡Contémpleme! Hay una orden
de mortales en la tierra que se vuelven ancianos
en su juventud y que mueren antes de la mediana edad,
sin necesidad de la violencia de una muerte en la guerra;
algunos perecen de placer, otros de estudio,
otros consumidos por el trabajo, otros de mero hastío,
otros de precoz demencia, otros de enfermedad,
y otros por un corazón roto o marchito,
pues esta última es una dolencia que mata
a muchos más de los que se numeran en el libro del Destino,
tomando toda clase de formas y llevando muchos nombres.
¡Míreme ahora!, pues de todas esas cosas
he tomado parte yo, y de todas ellas una sola
podría haber sido suficiente; por lo tanto, no se maraville
de que sea yo lo que soy, sino de que haya alguna vez sido
o de que, habiendo sido, aún me halle en la tierra.

ABAD

Sin embargo, escúchame aún...

MANFRED

            Anciano, respeto
su orden y venero también sus años; considero
piadoso su propósito, pero sé que es en vano.
No me juzgue un insolente, pero querría ahorrarle esfuerzos,
mucho más a usted que a mí, al evitar en este instante
todo ulterior coloquio; por lo tanto, adiós.

*(Sale MANFRED.)*

Abad (solo)

Tendría que haber sido esta una noble criatura:
tiene toda la energía que habría hecho
un hermoso conjunto de gloriosos elementos,
si tan sólo hubiesen estado sabiamente mezclados;
tal como es, no conforma sino un horrible caos, luz y oscuridad,
espíritu y arcilla, y pasiones y pensamientos puros,
todos confundidos y luchando sin orden y sin término,
ya destructivos o aletargados. Sucumbirá,
y sin embargo no debería ser así. Realizaré un nuevo intento,
pues tales seres son dignos de redención y es mi deber
el atreverme a todo tipo de cosas por un justo fin.
Le seguiré, si bien cauteloso, al par que con firmeza.

(Sale el Abad.)


ESCENA II<br>
(Otra cámara.<br>
Manfred y Herman.)


Herman

Milord, me ordenó que le avisara a la puesta del sol:
ya se hunde tras las montañas.

Manfred

¿Ya se pone?

Iré a contemplarlo.

(Manfred avanza hacia el ventanal de la sala.)

¡Gloriosa esfera!, el ídolo
de la primitiva naturaleza, de aquella vigorosa raza
de hombres sanos, los gigantes, hijos nacidos
de los abrazos de los ángeles con las de un sexo
aún más hermoso que ellos, el cual hizo descender
a aquellos errantes espíritus que ya no pudieron retornar
a las alturas. ¡Glorioso astro!, que fuiste adorado
hasta que el misterio de tu creación fue revelado.
¡Tú, primer heraldo del Todopoderoso, que alegrabas,
sobre las cumbres de las montañas, los corazones
de los pastores caldeos, hasta que estos prorrumpían
en inocentes oraciones! ¡Tú, dios material!
¡Imagen representativa del Desconocido,

quien te eligió como su sombra! ¡Estrella soberana!
¡Centro de infinitos astros, que haces soportable
nuestra Tierra y que templas los matices
y los corazones de todos los que caminan bajo tus rayos!
¡Señor de las estaciones! ¡Monarca de los climas
y de todos cuantos en ellos moran!, pues, ya cerca o lejos,
nuestros espíritus innatos portan un tinte similar al tuyo,
incluso como nuestros aspectos exteriores; tú asciendes,
brillas y te pones en gloria. ¡Adiós, adiós!
Ya no volveré a verte. Puesto que mi primera mirada
de asombro y de amor fue para ti, toma entonces
también la última: no volverás ya a alumbrar a otro ser
para el cual los dones de la vida y del calor hayan sido
de una naturaleza tan fatal... Se ha ido; ahora le seguiré yo.

*(Sale* MANFRED.*)*


ESCENA III

(Las montañas. El castillo de Manfred a cierta distancia.
Una terraza frente a una torre. Tiempo: el anochecer.
HERMAN, MANUEL y otros CRIADOS de Manfred.)


HERMAN

Es muy extraño; noche tras noche, durante años,
ha pasado largas vigilias en esta misma torre,
sin un solo testigo a su lado. Yo he estado en su interior,
como todos nosotros, en numerosas ocasiones,
pero ni de ella ni de sus contenidos nos ha sido posible
a ninguno sacar conclusiones exactas de aquello
a lo que sus estudios puedan tender. Sabemos,
sin embargo, que hay una cámara a la que nadie entra:
daría toda mi paga de estos últimos tres años
por penetrar sus misterios.


MANUEL
        Sería peligroso;
conténtate con lo poco que sabes ahora.


HERMAN
¡Ah, Manuel!, eres viejo y sabio, y apuesto a que podrías
contarnos muchas cosas; has vivido en el castillo por...
¿cuántos años ya?

MANUEL

Antes de que naciera el conde Manfred
yo ya servía a su padre, a quien en nada este se parece.


HERMAN

Hay muchos hijos a quienes puede aplicarse similar predicado.
Pero dinos, ¿en qué se diferencian?


MANUEL

No estoy hablando
de facciones o figura, sino de espíritu y hábitos.
El conde Sigismund era orgulloso, pero libre y jovial;
un guerrero y un amigo de los placeres; no se encerraba
en los libros y la soledad, ni hacía de la noche
una lúgubre vigilia, sino un tiempo de celebraciones,
más alegre que el día; no vagaba como un lobo
por las montañas y los bosques, ni tampoco se alejaba
de los hombres y sus gratos goces.


HERMAN

¡Enhoramala,
pero aquellos sí eran tiempos felices! Desearía
que tales días volvieran a visitar estos decrépitos muros,
que se ven como si los hubiesen olvidado.


MANUEL

Estos muros
deberían cambiar para ello primero de amo. ¡Oh, he visto
cosas muy extrañas en su interior, Herman!


HERMAN

Vamos,
sé buen camarada y relátanos alguna para pasar el tiempo;
te he oído hablar oscuramente de un suceso
que tuvo lugar en las cercanías de esta misma torre.


MANUEL

¡Aquella sí fue una noche, en verdad! Recuerdo
que estaba anocheciendo, tal como ahora,
y en una tarde igual; aquella nube roja, que descansa
sobre el pináculo del Eiger, así descansaba entonces,
tan parecida que bien podría ser la misma; el viento
soplaba débil y de a ráfagas, y las nieves de las montañas
comenzaban a brillar bajo la luna que por el cielo escalaba.
El conde Manfred se hallaba, como ahora, dentro de la torre;
no sabíamos en qué se ocupaba, pero a su lado

la sola compañía de sus vagabundeos y vigilias,
ella, que era de entre todas las criaturas terrenas
que vivían la única a la que parecía él amar,
tal como, a decir verdad, estaba obligado por su sangre,
la dama Astarte, su...

HERMAN
¡Shhhh!, ¿quién viene ahí?

*(Entra el ABAD.)*

ABAD
¿Dónde está vuestro amo?

HERMAN
Allí, en el interior de la torre.

ABAD
Debo hablar con él.

MANUEL
Tal cosa es imposible:
se halla en asuntos muy privados y no admite
intrusiones de ningún tipo.

ABAD
Sobre mí tomo
toda la culpa de mi falta, si falta es...
mas debo verle.

HERMAN
Le habéis visto ya
esta misma tarde.

ABAD
¡Herman!, te ordeno
que llames y anuncies mi llegada al conde.

HERMAN
No nos atrevemos a eso.

ABAD
Entonces parece que deberé
ser heraldo de mi propia intención.

MANUEL

                    ¡Reverendo padre,
deténgase, le ruego que lo piense!

ABAD

                ¿Por qué?

MANUEL

                     Sígame
por este sendero y se lo diré absolutamente todo.

*(Salen.)*

ESCENA IV
(El interior de la torre.
MANFRED, solo.)

MANFRED

Han salido las estrellas y brilla ya la luna sobre las cumbres
de las montañas cubiertas de nieve. ¡Es hermoso!
Me demoro aún con la Naturaleza, pues la noche
ha sido para mí un rostro mucho más familiar
que el del hombre, y en su estrellada penumbra
de sombría y solitaria belleza
he aprendido yo el lenguaje de otro mundo.
Estoy recordando ahora que en mi juventud,
cuando erraba por la tierra, fue en una noche así
que estuve entre los antiguos muros del Coliseo,
entre las espléndidas reliquias de la todopoderosa Roma.
Los árboles que crecían en las derruidas arcadas
se mecían oscuros en la noche azul, y las estrellas
brillaban a través de las aberturas de las ruinas;
a lo lejos, los perros ladraban, más allá del Tíber;
y más cerca, fuera del palacio del César, surgía
el prolongado ulular del búho, mientras que,
de a intervalos, el vago canto de distantes centinelas
nacía y expiraba sobre la apacible brisa.
Algunos cipreses de allende el decrépito portal
parecían bordear el horizonte, aunque sólo se hallaban
a tiro de flecha; allí donde alguna vez morara el César,
y donde moran ahora las ruidosas aves nocturnas,
a lo largo de una arboleda que crece entre almenajes nivelados
y que entrelaza sus raíces con los hogares imperiales,

68*LORD BYRON*

la hiedra usurpaba el lugar de crecimiento del laurel;
pero el sangriento circo de los gladiadores aún se hallaba
en pie, un noble vestigio en ruinosa perfección,
mientras que las cámaras de César y los salones de Augusto
caídos yacían en la tierra, en indistinta destrucción.
Y tú brillabas, tú, errante luna, sobre todo aquello,
vertiendo una dulce y profusa claridad
que suavizaba toda la ruda austeridad
de aquella áspera desolación y que restauraba,
haciendo ver todo como nuevo, las grietas de los siglos,
dejando hermoso aquello que aún lo era
y embelleciendo aquello que ya no, hasta que el lugar
se volvía religión y el corazón se henchía
en silenciosa adoración hacia la grandeza antigua,
hacia los muertos pero reales soberanos que aún gobiernan
nuestros espíritus desde sus sepulcros. ¡Era una noche igual!
Es extraño que la recuerde justo ahora; mas he visto
a nuestros pensamientos tomar aún más frenético vuelo
en los momentos en que deberían descansar
en el orden de la meditación.

*(Entra el* ABAD.*)*


ABAD
Mi buen señor,
imploro una nueva gracia por esta segunda interrupción,
y espero también que mi humilde celo no ofenda
por su abrupto carácter; todo lo que tenga de malo,
que en mí recaiga, y pueda el bien de su efecto
iluminar tu mente... podría decir tu corazón.
Si pudiese este yo tocar, con palabras o plegarias,
recuperaría un noble espíritu que se halla extraviado,
pero que no está perdido del todo aún.


MANFRED
Usted no me conoce:
mis días están contados, y mis acciones, escritas;
retírese, o podría ser peligroso. ¡Fuera!


ABAD
¿No estarás queriendo amenazarme?


MANFRED
No yo;
sólo le digo que el peligro se halla cerca,
e intento preservarlo de él.

ABAD

¿Qué quieres decir?

MANFRED

¡Mire!
¿Qué ve allí?

ABAD

Nada.

MANFRED
Mire allí, le digo,
y fijamente; ahora, dígame, ¿qué ve?

*(Un ESPÍRITU aparece en escena.)*

ABAD
¡Aquello que debería espantarme!... mas no temo.
Veo una sombría y horrorosa figura surgir,
como un dios infernal, del centro de la tierra;
su rostro envuelto en un manto, su cuerpo
vestido como con rabiosas nubes;
se para entre tú y yo... mas no le temo.

MANFRED
No tiene usted por qué: no le hará daño; es sólo
que la visión podría paralizar sus viejos miembros.
Se lo digo, ¡retírese!

ABAD
Y contesto yo,
¡nunca! No en tanto no haya combatido
con este demonio. ¿Qué hace aquí?

MANFRED
Sí, ¿qué hace aquí?
Yo no he mandado por él; ha venido solo.

ABAD
¡Ay!, ¡perdido mortal! ¿Qué tienes tú que hacer
con invitados como este? Tiemblo por tu destino.
¿Por qué mira así a tu persona, y tú a él?
¡Ah!, ha revelado su rostro: sobre su frente
las cicatrices del rayo están grabadas y en sus ojos
relumbra la inmortalidad del Infierno...
¡Atrás!



*LORD BYRON*

MANFRED

Habla: ¿cuál es tu misión?

ESPÍRITU

¡Ven!

ABAD

¿Qué eres, desconocido ser? ¡Responde, habla!

ESPÍRITU

El genio de este mortal... ¡Ven, ya es hora!

MANFRED

Estoy preparado para absolutamente todo, pero reniego
del poder que me convoca. ¿Quién te ha enviado?

ESPÍRITU

Lo sabrás pronto... ¡Ven, ven!

MANFRED

He dado órdenes
aun a esencias mucho más grandes que la tuya
y he luchado con tus amos. ¡Vete de aquí!

ESPÍRITU

¡Mortal, tu hora ha llegado! ¡Te digo que vengas!

MANFRED

Sabía y sé que mi hora ha llegado,
pero no para otorgar mi alma a uno como tú.
¡Fuera! Moriré como he vivido: solo.

ESPÍRITU

Entonces tendré que convocar a mis hermanos. ¡Apareced!

*(Otros ESPÍRITUS aparecen.)*

ABAD

¡Atrás, vosotros, seres malignos! ¡Atrás, os digo!
No tenéis poder allí donde lo tiene la piedad,
y os ordeno en el nombre de...

ESPÍRITU

Anciano,
conocemos nuestra esencia, nuestra misión y tu oficio;
no malgastes tus santas palabras en usos ociosos,

pues será en vano: este hombre ya está perdido.
Una vez más lo convoco: ¡ven, ven conmigo!

MANFRED

Os desafío; aunque siento ya que mi alma
se está alejando de mí, aun así os desafío. No abandonaré
este lugar mientras me quede aún aliento terrenal
para soplar mi desprecio sobre vosotros y fuerza terrenal
para luchar, aunque con espíritus. Cuanto toméis de mí
será arrancado pedazo por pedazo.

ESPÍRITU

     ¡Renuente mortal!
¿Y este es el gran mago que puede penetrar
el mundo invisible y volverse a sí mismo
casi nuestro igual? ¿Puede ser que estés tú
tan enamorado de la vida, de la misma vida
que te ha hecho miserable?

MANFRED

     ¡Mientes, tú, falso demonio!
Mi vida se halla en su última hora, eso lo sé,
y no redimiría de esa hora ni un solo momento.
No combato contra la muerte, sino contra ti
y los ángeles que te rodean; mi pasado poder
no fue obtenido por pacto alguno con tus huestes,
sino por una ciencia superior, austeridad, osadía,
una eternidad de vigilias, poder mental y destreza
en los saberes de nuestros padres, nacidos cuando la tierra
veía a hombres y espíritus caminando juntos
y no os daba la supremacía. Me apoyo
sobre mi propia fuerza; ¡os desafío, os niego,
os rechazo y os desprecio!

ESPÍRITU

    Mas tus numerosos crímenes
te han hecho...

MANFRED

    ¿Qué son ellos para uno como tú?
¿Deben ser los crímenes castigados con otros crímenes
y por más grandes criminales? ¡Retorna a tu Infierno!
No tienes poder alguno sobre mí, eso lo siento;
nunca podrás tú poseerme, eso lo sé.
Lo que he hecho, hecho está; llevo en mi interior
una tortura que nada podría ganar de la tuya.
La mente que es inmortal se da a sí misma



LORD BYRON

la recompensa por sus buenos o malos pensamientos,
es el origen de su propio mal y de su propio fin,
es su propio tiempo y lugar; su esencia innata,
cuando es despojada de su mortalidad, no conserva
color alguno de las fugaces formas del exterior,
sino que es absorbida en el sufrimiento o el deleite,
nacidos del conocimiento de su propia desolación.
Tú no me tentaste, y no podrás hacerlo ahora;
no he sido tu víctima, ni soy ahora tu presa,
sino que fui mi propio destructor y seguiré
siéndolo de aquí en adelante. ¡Atrás, frustrados demonios!
La mano de la muerte está sobre mí, mas no la vuestra.

*(Los* Demonios *desaparecen.)*


Abad

¡Ay!, ¡cuán pálido estás! Tus labios se han puesto blancos,
tu pecho palpita y en tu jadeante garganta
los acentos se entrecortan. ¡Eleva tus plegarias al Cielo!
¡Reza, aunque sólo sea en pensamiento, mas no mueras así!


Manfred

Se ha terminado; mis turbios ojos no pueden ya fijar
su rostro; todo da vueltas a mi alrededor y la tierra
parece sacudirse debajo de mí. Adiós... adiós...
deme su mano.


Abad

Estás frío, frío, aun hasta el mismo corazón...
mas una plegaria aún... ¡Ay!, ¿qué te sucede?


Manfred

Anciano... no es tan difícil morir.


*(*Manfred *expira.)*


Abad

Se ha ido; su alma ha tomado su vuelo extraterreno.
¿Hacia dónde? Tiemblo al pensarlo... pero se ha ido.


Telón

# Caín

UN MISTERIO

DRAMATIS PERSONÆ.


Adán.
Caín.
Abel.
Lucifer.
El Ángel del Señor.
Eva.
Adah.
Zillah.

# ACTO I

ESCENA I
(La tierra fuera del Paraíso. Tiempo: salida del sol.
Adán, Eva, Caín, Abel, Adah y Zillah, ofreciendo un sacrificio.)

ADÁN
¡Oh, Dios Eterno, Infinito, Omnisciente!,
tú que de las tinieblas del abismo creaste la luz
sobre las aguas con una sola palabra, ¡alabado seas!;
Jehová, en este nuevo retorno de la luz, ¡alabado seas!

EVA
¡Dios!, tú que diste nombre al día y que separaste
la mañana de la noche, hasta entonces nunca divididas;
tú que apartaste las aguas de las aguas y que llamaste
a la mitad de tu creación «el firmamento», ¡alabado seas!

ABEL
¡Dios!, tú que ordenaste los elementos
en tierra, océano, aire y fuego, y que con el día
y la noche, y los mundos que ambos iluminan
o ensombrecen, creaste seres para que los disfrutasen
y para que los amaran tanto como a ti, ¡alabado seas!

ADAH
¡Dios Eterno!, ¡Padre de todas las cosas!,
tú que creaste a estos seres sublimes y hermosos
para que fuesen amados por sobre todo salvo tú:
déjame amarlos a ti y a ellos. ¡Alabado seas!

ZILLAH
¡Oh, Dios!, tú que, amando, creando y bendiciendo todo,
aún permitiste a la serpiente penetrar sigilosa
y echar a mi padre fuera del Paraíso terrenal:
líbranos de todo nuevo y mayor mal. ¡Alabado seas!

ADÁN

Hijo Caín, mi primogénito, ¿por qué permaneces en silencio?

CAÍN

¿Para qué habría de hablar?

ADÁN

Para rezar.

CAÍN

¿No habéis rezado

ya vosotros?

ADÁN

En efecto, muy fervientemente.

CAÍN

Además de muy alto: os he escuchado.

ADÁN

Y también Dios, espero.

ABEL

¡Amén!

ADÁN

Pero tú, mi hijo mayor, sigues en silencio aún.

CAÍN

Creo conveniente permanecer así.

ADÁN

¿Por qué dices eso?

CAÍN

No tengo nada que pedir.

ADÁN

¿Ni nada que agradecer?

CAÍN

No.

ADÁN

¿Acaso no estás vivo?

CAÍN
¿Acaso no debo morir?

EVA
¡Ay, el fruto del árbol prohibido comienza a caer!

ADÁN
Y nosotros debemos recogerlo nuevamente.
¡Oh, Dios!, ¿para qué plantaste el árbol del Conocimiento?

CAÍN
¿Y por qué no comisteis del árbol de la Vida?
Entonces podríais haberlo desafiado.

ADÁN
        ¡Oh, hijo mío,
no blasfemes!: esas son palabras de serpiente.

CAÍN
        ¿Por qué no?
La serpiente dijo la verdad: estaba el árbol del Conocimiento
y estaba el árbol de la Vida; el conocimiento es bueno
y también buena es la vida: ¿cómo podían, entonces, ser malos?

EVA
Hijo mío, hablas tal como yo lo hice en el pecado,
antes de que tú nacieras: no me hagas ver renovada
en la tuya mi miseria. Yo ya me he arrepentido.
No me condenes a ver a mi descendencia caer
en engaños al otro lado de los muros del Paraíso,
engaños que incluso dentro de él destruyeron a tus padres.
Conténtate con las cosas como son. Hubiéramos así obrado
nosotros, más que contento estarías tú ahora. ¡Oh, hijo mío!

ADÁN
Bien, hemos terminado nuestras oraciones; partamos,
cada uno a sus tareas de labor, que no son pesadas,
aunque necesarias: la tierra es joven y nos cede gentilmente
sus frutos con muy poco trabajo.

EVA
        Caín, mi hijo,
contempla a tu padre, alegre y resignado,
y haz como hace él.

*(Salen ADÁN y EVA.)*

¿No obedecerás, hermano?


ABEL
¿Para qué llevar esas sombras en tu frente,
que no te servirán de nada salvo tal vez para despertar
la rabia del Eterno?


ADAH
Mi amado Caín,
¿me mirarás así ceñudo incluso a mí?


CAÍN
¡No, Adah, no!,
mas querría estar solo por un momento.
Abel, me siento muy mal, pero pasará;
precédeme, hermano, y yo te seguiré en breve.
Y tampoco vosotras, hermanas, os retraséis detrás:
vuestra dulzura no merece ser pagada ásperamente.
Yo os seguiré después.


ADAH
Si no lo haces,
regresaré aquí a buscarte.


ABEL
¡La paz de Dios
esté con tu espíritu, hermano!


*(Salen ABEL, ZILLAH y ADAH.)*


CAÍN *(solo)*
¿Y esto es la vida?
¡Trabajar! ¿Y por qué debo trabajar? Porque mi padre
no fue capaz de conservar su lugar en el Edén.
¿Qué tuve yo que ver con eso? Aún no había nacido,
ni busqué tampoco nacer; ¡ni siquiera amo el estado
al cual ese nacimiento me ha traído! ¿Por qué cedió
a la serpiente y a la mujer?; o, habiendo cedido,
¿por qué sufrir? ¿Qué hubo de malo en todo ello?
El árbol había sido plantado: ¿por qué no para él?
Y, si es que no, ¿por qué colocarle tan cerca de donde crecía,
en el centro, el más bello de todos? Ellos sólo tienen
una respuesta a esta pregunta: «Era su voluntad,
y él es bueno». ¿Cómo puedo saberlo? ¿Acaso porque es
todopoderoso debe seguirse de ello que es todobondadoso?

Sólo juzgo por los frutos, y estos son amargos,
los frutos de los que debo alimentarme por una falta ajena.
¿Quién viene allí? Una figura similar a la de los ángeles,
aunque de un aspecto mucho más afligido y severo
de esencia espiritual. ¿Por qué tiemblo?
¿Por qué debería temerle más que a los otros espíritus,
a quienes diariamente veo blandir sus ardientes espadas
ante las puertas en torno a las cuales suelo merodear,
a la hora del ocaso, para intentar vislumbrar un poco
de aquellos jardines que son mi justa herencia,
antes de que la noche se cierre sobre esos muros prohibidos
y sobre los inmortales árboles que descuellan por encima
de las almenas por querubines guardadas?
Si no me encojo ante aquellos, ángeles armados con fuego,
¿por qué debería temer a este que se aproxima ahora?
Sin embargo, cierto es que parece mucho más poderoso
que ellos, y no menos hermoso, aunque tal vez no tan bello
como pudo o podría ser: la tristeza parece
formar la mitad de su inmortalidad. ¿Será posible?
¿Puede algo padecer además de la humanidad?
Aquí llega.

(Entra Lucifer.)

Lucifer

¡Mortal!

Caín

Espíritu, ¿quién eres?

Lucifer

El amo de los espíritus.

Caín

¿Y puedes, siéndolo,
abandonarlos para caminar con el polvo?

Lucifer

Conozco
los pensamientos del polvo, y sufro por él, y contigo.

Caín

¡Cómo!, ¿conoces mis pensamientos?

LUCIFER

                              Son los pensamientos
de todo lo digno de pensamiento; es tu parte inmortal
la que habla dentro de ti.


CAÍN

                    ¿Qué parte inmortal?
Eso nunca nos fue revelado: el árbol de la Vida
quedó fuera de nuestro alcance por la necedad de mi padre,
mientras que el del Conocimiento, por la premura de mi madre,
fue expoliado demasiado pronto, siendo su único fruto la muerte.


LUCIFER

Te han engañado: vivirás.


CAÍN

                    Vivo, sí,
pero vivo para morir; y, viviendo, no veo nada
que haga a la muerte odiosa, salvo una innata renuencia,
un aborrecible y sin embargo inconquistable instinto
de vivir, instinto que detesto, puesto que desprecio
mi propio ser, y que, no obstante, soy incapaz de vencer,
por lo cual sigo viviendo. ¡Querría no haber vivido nunca!


LUCIFER

Tú vives y deberás vivir para siempre; no creas
que la tierra, que es tan sólo un recubrimiento externo,
es la existencia: acabará, y no menos
de lo que eres ahora serás.


CAÍN

                    ¡«No menos»! ¿Y por qué no más?


LUCIFER

Puede que seas como somos nosotros.


CAÍN

¿Y cómo sois?


LUCIFER

        Eternos.


CAÍN
¿Sois felices?


LUCIFER

Somos poderosos.

CAÍN

¿Sois felices?

LUCIFER

No; ¿lo eres tú?

CAÍN

¿Cómo podría serlo? ¡Mírame!

LUCIFER

¡Pobre ser

de arcilla! ¿Y pretendes ser miserable? ¿Tú?

CAÍN

Lo soy. Y tú, con todo tu poder, ¿quién eres?

LUCIFER

Uno que aspiró a ser quien te hiciera,
y que no te habría hecho como eres.

CAÍN

Pareces casi un dios, y...

LUCIFER

Mas no lo soy;

y, no habiendo podido ser uno, no deseo ser nada
salvo lo que soy. Él triunfó: que reine.

CAÍN

¿Él? ¿Quién?

LUCIFER

El creador de tu padre y de la Tierra.

CAÍN

Y del Cielo y de todo lo que ambos contienen. Así he oído
cantar a los serafines y así me lo dijo mi padre.

LUCIFER

Ellos dicen... lo que deben decir y cantar para evitar
ser lo que tú y yo somos entre los espíritus
y los hombres.

CAÍN

¿Y qué es lo que somos?

Almas que se atreven a usar su inmortalidad;
almas que se atreven a mirar al tirano omnipotente
directo a su rostro eterno y a decirle
que su mal no es un bien. Si él hizo todo,
como dice (cosa que no sé, ni creo tampoco),
si nos hizo incluso a nosotros, no nos puede deshacer:
somos inmortales. Más aún, él nos quiso así
para poder torturarnos; ¡que lo haga! Es grande,
mas, en su grandeza, no es más feliz que nosotros
en nuestros conflictos. La bondad no habría creado
el mal; y, sin embargo, ¿qué otra cosa ha creado?
Que se siente en su vasto y solitario trono
y que cree mundos a fin de hacer la eternidad
menos agobiante para su existencia inmensa
y la soledad que con nadie puede compartir.
Que amontone mundo sobre mundo: está solo,
tirano totalmente indisoluble e indefinido.
Si tan sólo pudiera aniquilarse a sí mismo,
sería este el mejor don que jamás hubiese hallado;
pero que siga reinando y multiplicándose en la miseria.
Los espíritus y los hombres, al menos, nos compadecemos
y, sufriendo en conjunto, hacemos nuestros dolores,
innumerables, algo más tolerables para todos
por medio de una ilimitada compasión universal.
¡Pero él, tan miserable en su altura
y tan inquieto en su miseria, debe aún crear
y volver a crear...! Quizás algún día
se otorgue a sí mismo un Hijo, así como
te dio a ti un padre; y, si así lo hace,
quede dicho, su Hijo no será sino un Sacrificio.




Me hablas de cosas que hace ya tiempo vagan
como visiones a través de mis pensamientos;
nunca pude conciliar aquello que oía con lo que veía.
Mi padre y mi madre sólo me hablan de serpientes,
de frutos y de árboles; yo veo las puertas
de lo que ellos llaman su Paraíso custodiadas
por querubines que, armados con flamígeras espadas,
les prohíben la entrada, como a mí; siento
el peso de diarias labores y de pensamiento constante;
miro alrededor, a un mundo en el cual no parezco nada,
con ideas que surgen en mi interior como con poder
para dominar todas las cosas. Pero mis reflexiones
me dicen que esta miseria es sólo mía. Mi padre
está resignado; mi madre ha olvidado la mente

que la llevó a ansiar el conocimiento incluso
ante el riesgo de una maldición eterna; mi hermano
es un pastorcito diligente que ofrece en sacrificio
las primicias de su rebaño a aquel que ordena
a la tierra no cedernos nada sin sudor;
mi hermana Zillah canta un himno que precede
aun al saludo matinal de las aves; y mi Adah,
mi mujer y amada, tampoco es capaz de comprender
la elevada mente que me abruma. Nunca hasta hoy
había conocido a ser alguno que simpatizase conmigo.
Muy bien, será mejor que empiece a tratar con espíritus.

LUCIFER

Si no hubieses sido apto por tu propia mente
para tal compañía, no me encontraría yo ahora
frente a ti tal como soy: una serpiente
habría bastado para seducirte, como antes.

CAÍN

¡Ah!, ¿fuiste tú quien tentó a mi madre?

LUCIFER

       A nadie tenté,
salvo con la verdad: ¿no estaba allí el árbol, el árbol
del Conocimiento? ¿Y no estaba acaso el árbol de la Vida
cargado de frutos? ¿Fui yo quien le dijo que no comiera
de ellos? ¿Fui yo quien plantó cosas prohibidas
cerca del alcance de seres inocentes, y curiosos
por su inocencia misma? Yo los habría hecho dioses;
e incluso aquel que los arrojó de allí lo hizo
«para que no comiesen los frutos de la vida y se volviesen
dioses como nosotros». ¿No fueron esas sus palabras?

CAÍN

Lo fueron, según he escuchado de aquellos que las oyeron
en los truenos.

LUCIFER

    Entonces, ¿quién fue el demonio?
¿Aquel que no os quiso dejar vivir, o aquel
que os habría hecho vivir para siempre en el gozo
y el poder de la sabiduría?

CAÍN

     ¡Deberían haber tomado
ambos frutos o ninguno!

LUCIFER
Uno de ellos ya es vuestro,
y el otro aún puede serlo.


CAÍN
¿Cómo?


LUCIFER
Siendo
vosotros mismos en vuestra resistencia. Nada puede
sofocar la mente si la mente es ella misma,
si es el centro de todo lo que la rodea: está hecha
para gobernar.


CAÍN
Pero ¿tentaste tú a mis padres?


LUCIFER
¿Yo?
¡Pobre arcilla! ¿Para qué había de tentarlos, y cómo?


CAÍN
Ellos dicen que en la serpiente había un espíritu.


LUCIFER
¿Quién dice eso? No está escrito así en lo alto:
el orgulloso no mentiría jamás de ese modo,
aunque los grandes miedos y la pequeña vanidad
del hombre le hagan culpar a la naturaleza espiritual
por su propia vil caída. La serpiente era una serpiente, nada más;
y, sin embargo, no menos que aquellos a quienes tentó,
pues era en su naturaleza polvo también, pero más en sabiduría,
puesto que pudo vencerlos y que pudo prever
que el conocimiento sería fatal a la insulsa felicidad de ambos.
¿Crees que yo tomaría la forma de cosas que mueren?


CAÍN
Pero ¿había un demonio en ella?


LUCIFER
Sólo despertó uno
en aquellos a quienes habló con su lengua bífida.
Te aseguro que la serpiente no era más
que una simple serpiente: pregúntale a los querubines
que custodian el árbol tentador. Cuando miles de años
hayan rodado sobre tus muertas cenizas y las de tu descendencia,
puede que la progenie que pueble entonces el mundo

así disfrace su antigua falta en una fábula y me atribuya
a mí una figura que desprecio, como desprecio todo
lo que se inclina ante aquel que sólo creó la vida
para que se inclinara ante su triste y solitaria eternidad;
pero nosotros, que vemos la verdad, debemos decirla.
Tus padres prestaron oídos a una criatura reptante
y cayeron. ¿Para qué habían de tentarlos los espíritus?
¿Qué había para envidiar, dentro de los estrechos límites
del Paraíso, que espíritus que atraviesan el espacio...?
Pero te hablo de cosas que no conoces, ni aun
con todo tu árbol del Conocimiento.

CAÍN

Pero no puedes hablar
de conocimiento alguno que no quiera yo conocer,
y que no arda por conocer, y que no tenga una mente
para conocer.

LUCIFER

¿Y un corazón para enfrentar?

CAÍN

Ponme a prueba.

LUCIFER

¿Te atreves a mirar la muerte?

CAÍN

No se la ha visto
jamás aún.

LUCIFER

Pero deberás experimentarla...

CAÍN

Mi padre afirma que es algo terrible y mi madre
llora cuando se la nombra; Abel eleva sus ojos
al cielo y Zillah clava los suyos en la tierra,
suspirando una plegaria; y Adah me mira a mí
y guarda silencio.

LUCIFER

¿Y tú?

CAÍN

Pensamientos indecibles
se agolpan en mi pecho, abrasándolo, cuando oigo

sobre esa todopoderosa muerte que, según parece,
es inevitable. ¡Ah! ¿Podré yo luchar con ella?
De niño solía luchar con el león, jugando,
hasta que huía rugiendo de la presión de mis brazos.

LUCIFER

No tiene forma, pero absorberá todas las cosas
que llevan la forma de la vida terrena.

CAÍN

Creía yo que de un ser se trataba: ¿quién podría
hacer tal mal a los seres sino otro ser?

LUCIFER

Pregúntale al Destructor.

CAÍN
¿A quién?

LUCIFER

       Al Creador;
llámalo como quieras: lo único que hace es destruir.

CAÍN

Ignoraba eso, si bien lo pensé desde que oí
sobre la muerte. Aunque aún no sé lo que es,
me parece, sin embargo, algo terrible. Yo he vagado solo,
en la vasta noche desolada, en busca de ella;
y cuando veía enormes sombras que, en la penumbra
de los muros del Edén, eran ahuyentadas
por el fulgor de las espadas de los querubines,
aguardaba por lo que creía su llegada, pues con el temor
surgió en mi pecho el anhelo de conocer qué era aquello
que a todos nos sacudía... mas nada se me acercaba.
Y entonces apartaba mis cansados ojos
de nuestro nativo y prohibido Paraíso,
elevándolos hacia las luces de las alturas, en el azul,
que tan hermosas son: ¿habrán también ellas de morir?

LUCIFER

Tal vez, pero te sobrevivirán por mucho a ti y a los tuyos.

CAÍN

Me alegra saberlo; no deseo que mueran,
pues son bellas. ¿Qué es la muerte? Temo,
y siento, que es algo terrible; pero qué exactamente,
no alcanzo a verlo. Está decretada contra nosotros,



*LORD BYRON*

tanto contra aquellos que pecan como contra aquellos
que no, como un mal, pero ¿qué mal?

LUCIFER

Volverse tierra.

CAÍN

Pero ¿habré de conocerla?

LUCIFER

Dado que yo no conozco
muerte alguna, no puedo responderte.

CAÍN

Si yo fuese sólo
inerte tierra, no sería mal alguno... ¡desearía no haber
sido nunca sino simple polvo!

LUCIFER

Ese es un vil deseo,
peor que el de tu padre, pues él al menos deseó conocer.

CAÍN

Mas no vivir: ¿por qué no arrancó, si no, un fruto
del árbol de la Vida?

LUCIFER

Se vio impedido.

CAÍN

¡Fatal error!,
no haber tomado primero ese fruto; pero antes de probar
el del conocimiento era él ignorante de la muerte.
¡Ay! Apenas puedo imaginar yo de qué se trata,
y sin embargo le temo... ¡temo no sé lo qué!

LUCIFER

Y yo, que conozco todo, no temo nada: observa
lo que es el verdadero conocimiento.

CAÍN

¿Me enseñarás todo?

LUCIFER

Sí, pero con una condición.

CAÍN
Menciónala.


LUCIFER
Que te inclinarás y me adorarás como tu Señor.


CAÍN
Tú no eres el Señor que adora mi padre.


LUCIFER
No.


CAÍN
¿Su igual?


LUCIFER
Tampoco; ¡nada tengo yo en común con él!
Ni lo querría: prefiero estar por encima, por debajo,
ser cualquier cosa excepto alguien que le sirva o comparta
su poder. Moro lejos de su presencia, pero soy grande;
muchos hay ya que me adoran, y más hay
que lo harán: sé tú uno entre los primeros.


CAÍN
Nunca aún me incliné ante el Dios de mi padre,
aunque a menudo me implora mi hermano Abel
que participe en sus sacrificios, ¿por qué habría
de inclinarme ante ti?


LUCIFER
¿Nunca te has inclinado ante él?


CAÍN
¿Acaso no lo he dicho? ¿Necesito repetirlo?
¿No puede hacértelo saber tu poderoso conocimiento?


LUCIFER
Todo aquel que no se inclina ante él ya lo hace ante mí.


CAÍN
Pero yo no me inclinaré ante ninguno.


LUCIFER
No obstante ello,
ya eres mi adorador: el no adorarlo a él
te hace igualmente mío.

Caín
¿Y eso qué significa?

Lucifer
Lo sabrás aquí mismo... y en el más allá.

Caín
Revélame todo el misterio de mi ser.

Lucifer
Sígueme a donde te conduciré.

Caín
                    Pero debo ir
a cultivar la tierra, pues he prometido...

Lucifer
                              ¿Qué?

Caín
Recoger algunos primeros frutos.

Lucifer
                        ¿Para qué?

Caín
                              Para ofrecerlos
con Abel sobre el altar.

Lucifer
            ¿No dijiste que nunca
te habías inclinado ante aquel que te hizo?

Caín
Sí, pero las serias súplicas de Abel han influido en mí:
la ofrenda será más suya que mía; y Adah...

Lucifer
¿Por qué vacilas?

Caín
            Ella es mi hermana,
nacida el mismo día que yo y del mismo vientre;
ella me arrancó, con lágrimas, esta promesa;
y antes que verla llorar nuevamente creo que prefiero
soportarlo todo... y adorar cualquier cosa.

Lucifer

Sígueme a mí.

Caín

Lo haré.

*(Entra Adah.)*

Adah

Hermano, he venido por ti;
es la hora de nuestro descanso y gozo, y encontramos
mucho menos de este último sin ti. No has trabajado
esta mañana, pero yo he realizado tus tareas: los frutos
están maduros, y brillantes como la luz que los sazona.
Vamos.

Caín

¿Acaso no ves?

Adah

Veo un ángel;
hemos visto ya muchos. ¿Compartirá él nuestra hora
de descanso? Es bienvenido.

Caín

No es él como los ángeles
que hemos visto hasta ahora.

Adah

¿Hay, entonces, otros?
Pero será bienvenido, como aquellos. Solían aceptar
ser nuestros convidados, ¿lo hará él?

Caín *(a Lucifer)*

¿Lo harás?

Lucifer

Solicito que tú seas el mío.

Caín

Debo irme con él.

Adah

¿Y dejarnos?



*Lord Byron*

CAÍN

Sí.


ADAH

¿También a mí?


CAÍN

¡Amada Adah!


ADAH

¡Déjame ir contigo!


LUCIFER

No, ella no debe venir.


ADAH

¿Quién eres tú, que te interpones entre corazón y corazón?


CAÍN

Es un dios.


ADAH

¿Cómo lo sabes?


CAÍN

Habla como uno.


ADAH

Así lo hizo la serpiente, y mintió.


LUCIFER

Te equivocas, Adah. ¿No era aquel el árbol
del Conocimiento?


ADAH

Sí, para nuestro eterno dolor.


LUCIFER

Y, sin embargo, esa aflicción es conocimiento, de modo
que no mintió; o, si os traicionó, fue con la verdad,
la cual en su propia esencia no puede ser sino un bien.


ADAH

Pero todo lo que conocemos desde entonces sólo ha
acumulado mal sobre mal: expulsión de nuestro hogar,
miedo, arduas labores, sudor y cansancio;
remordimiento por lo que fue y esperanzas de aquello

que no llegará. ¡Caín, no vayas con este espíritu!
Carga con lo que siempre hemos cargado y ámame...
yo te amo.

LUCIFER

¿Más que a tu padre y a tu madre?

ADAH

Sí, ¿acaso es eso pecado?

LUCIFER

                    No, no aún;
mas lo será algún día en tus hijos.

ADAH

¿Qué? ¿No amará mi hija a su hermano Enoch?

LUCIFER

No como tú amas a Caín.

ADAH

                    ¡Oh, Dios mío!
¿No se amarán ni engendrarán seres que se amen
con ese mismo amor? ¿No habrán bebido la leche
de este mismo pecho? ¿No ha nacido acaso su padre
del mismo vientre y a la misma hora que yo?
¿No nos amamos acaso nosotros?
¿No multiplicaremos, al multiplicar nuestros seres,
criaturas que se amarán entre sí como nosotros a ellas
y como yo te amo a ti, mi Caín? ¡No partas
con este espíritu: él no es de los nuestros!

LUCIFER

El pecado del que hablo no es una creación mía
y no puede pecado ser en vosotros, por mucho
que así les parezca a aquellos que os reemplazarán
en la mortalidad.

ADAH

                    ¿Qué tipo de pecado es aquel que no es
un pecado en sí mismo? ¿Puede la circunstancia determinar
pecado o virtud? Si esto es así, somos los esclavos de...

LUCIFER

Seres aún más grandes que vosotros son esclavos también,
y otros más grandes que vosotros y ellos podrían serlo
si no prefiriesen una independencia de tortura

a las muelles agonías de la adulación
en himnos, melodías e interesadas plegarias
a aquel que es omnipotente, sólo porque lo es,
que no por amor, sino por temor
y egoístas esperanzas.

ADAH

La omnipotencia
sólo puede ser bondad.

LUCIFER

¿Lo fue en el Edén?

ADAH

¡Demonio!, ¡no me tientes con tu belleza! Eres más hermoso
que la serpiente, e igual de falso.

LUCIFER

Igual de veraz:
pregúntale a Eva, tu madre, si no posee la ciencia
del bien y del mal.

ADAH

¡Oh, madre!, has arrancado
un fruto más fatal para tu descendencia
que para ti misma; tú al menos has pasado
tu juventud en el Paraíso, en feliz e inocente
intercambio con espíritus bienaventurados;
pero nosotros, tus hijos, ignorantes del Edén,
estamos rodeados de demonios que asumen
la elocuencia de Dios y nos tientan con nuestros propios
curiosos e insatisfechos pensamientos, tal como tú fuiste
engañada por la serpiente en todo el inocente,
desaprensivo e indefenso goce de tu dicha.
No puedo responder a este ser inmortal
que frente a mí se yergue; no puedo aborrecerle;
lo observo con un placentero temor
y sin embargo no huyo de él; en su mirada
hay una cautivante atracción que fija
mis vacilantes ojos en los suyos; mi corazón
late velozmente; él me espanta y sin embargo me arrastra
cada vez más cerca de su persona. ¡Caín, Caín, sálvame de él!

CAÍN

¿Qué temes, Adah? No es un espíritu maligno.

ADAH

No es Dios, ni uno de los suyos; he visto
a los querubines y a los serafines, y no se parece a ellos.

CAÍN

Pero hay espíritus más grandes aún: los arcángeles.

LUCIFER

Y otros más grandes aún que estos.

ADAH

Sí, pero no benditos.

LUCIFER

      Si la bendición consiste
en la esclavitud, no.

ADAH

      He oído decir que más aman
los serafines y que más saben los querubines.
Este debe de ser un querubín, pues no ama.

LUCIFER

Si un más alto conocimiento extingue el amor,
¿qué será aquello que no podéis amar cuando instruidos?
Dado que los omnisapientes querubines aman menos,
el amor de los serafines no puede ser sino ignorancia;
que ambas cosas son incompatibles queda probado
por la condena que obtuvo el atrevimiento de vuestros padres.
Elegid entre el amor y el conocimiento, puesto que no hay
otra opción; vuestro padre ya ha escogido: su adoración
es sólo miedo.

ADAH

      ¡Oh, Caín, Caín!, ¡elige el amor!

CAÍN

Yo no elegí mi amor por ti, Adah, sino que conmigo
nació. Pero no amo nada más.

ADAH

      ¿Ni a nuestros padres?

CAÍN

¿Nos amaron ellos cuando tomaron el fruto
del árbol que a todos nos privó del Paraíso?

ADAH

No habíamos nacido todavía; y, aun en el caso contrario,
¿no debemos amarlos, Caín, a ellos y a nuestros hijos?

CAÍN

¡Mi pequeño Enoch!, ¡y su balbuciente hermana!
Si sólo pudiera imaginarlos felices, casi olvidaría...
¡pero nunca, nunca podrá aquello ser olvidado,
ni tras el paso de tres veces mil generaciones!
¡Nunca amarán los hombres el recuerdo de aquel
que sembró, en la misma hora, la semilla del mal
y del género humano! Comieron del árbol de la ciencia
y del pecado, y, no contentos con su propia miseria,
me tuvieron a mí, a ti, a los pocos que ahora existen
y a todas las incontables e innumerables
multitudes, millones, miríadas que puedan ser,
para heredar agonías acumuladas por los siglos.
¡Y yo debo ser padre de tales cosas!
Tu belleza y tu amor, mi amor y mi dicha,
el embelesante momento y la plácida hora,
todo lo que amamos a nuestros hijos y el uno al otro
sólo nos conduce, a través de muchos años de pecado
y de dolor, o ya bien de pocos, pero aun así de una tristeza
apenas interrumpida por fugaces instantes de breve placer,
hacia la muerte, la desconocida. Creo que el árbol
no ha cumplido con su promesa: si pecaron,
al menos deberían conocer ahora todas las cosas
que hay de conocimiento... y el misterio de la muerte.
Mas ¿qué es lo que saben? ¿Que son miserables?
¿Qué necesidad de serpientes y frutos para enseñarnos eso?

ADAH

Yo no soy miserable, Caín, y si tú
fueras feliz...

CAÍN

    ¡Sé entonces feliz sola:
yo no tengo nada que ver con la felicidad,
que me humilla a mí y a lo mío!

ADAH

        Sola no podría,
ni querría, ser feliz; mas con aquellos que nos rodean
creo que puedo serlo, aun a pesar de la muerte,
a la que, como no la he visto, no temo,
si bien parece que se trata de una horrenda sombra,
a juzgar por lo que he oído.

                                    LUCIFER
                           ¿O sea que no podrías,
como dices, ser feliz sola?

                                    ADAH
                           ¿Sola? ¡Oh, Dios mío!
¿Quién podría ser feliz estando solo, o bueno?
La soledad me parece un pecado, excepto cuando estoy
pensando en lo pronto que veré a mi hermano,
a su hermano, a nuestros hijos y a nuestros padres.

                                    LUCIFER
Sin embargo, tu Dios está solo: ¿es él feliz?
¿Solo y bueno?

                                    ADAH
                           No está solo: tiene
a los ángeles y a los mortales, para hacerlos felices
y serlo así también él al difundir alegría.
¿Qué puede ser la felicidad sino dar felicidad?

                                    LUCIFER
Pregúntale a tu padre, aún fresco su exilio del Edén,
o a su primogénito; pregúntale a tu propio corazón:
no está tranquilo.

                                    ADAH
                           ¡Ay!, no, no lo está...
Y tú, ¿eres del Cielo?

                                    LUCIFER
                           Si no lo soy, pregunta
cuál es la causa de ello a tu difundidor de felicidad,
como tú lo proclamas; a ese poderoso y bondadoso
creador de la vida y de todos los seres vivos:
es su secreto, y lo guarda. Todos debemos soportar,
y algunos resistir; en ambos casos en vano,
aseguran sus serafines, pero vale la pena el intento,
puesto que no hay nada mejor que podamos hacer.
Existe en el espíritu una sabiduría que nos dirige
hacia lo correcto, del mismo modo en que, en el oscuro
aire azul, vuestros ojos, jóvenes mortales, se clavan
de inmediato en esa estrella que da, en su larga vigilia,
la bienvenida al amanecer.

ADAH

Es una estrella hermosa;
yo la amo por su gran belleza.

LUCIFER

¿Y por qué no adorarla?

ADAH

Nuestro padre sólo adora al Invisible.

LUCIFER

Pero los símbolos del Invisible son lo más bello
de cuanto hay visible, y aquella brillante estrella
es líder de las huestes del Cielo.

ADAH

Nuestro padre
dice que él ha contemplado al mismo Dios
que lo formó a él y a nuestra madre.

LUCIFER

¿Y lo has visto tú?

ADAH

Sí, en sus obras.

LUCIFER

¿Y en su ser?

ADAH

No, salvo en mi padre, que es la propia imagen
de Dios; o en sus ángeles, que a ti se parecen,
aunque más brillantes, si bien menos bellos y poderosos
en aspecto. Como el silencioso y soleado mediodía,
todo luz se muestran ante nosotros; mas tú pareces
una noche etérea en la cual largas nubes blancas
rayan el profundo púrpura e innumerables estrellas
salpican la maravillosa y misteriosa bóveda
con resplandores que se ven cual si fuesen soles,
tan hermosos, incontables y dignos de amor,
no deslumbrantes, pero aun así atrayéndonos hacia sí,
capaces de llenar de lágrimas mis ojos, como ahora tú.
Pareces desdichado: no nos hagas así a nosotros
y lloraré por ti.

LUCIFER
¡Ay!, ¡esas lágrimas! Si sólo
pudieses imaginar los océanos que serán derramados...

ADAH
¿Por mí?

LUCIFER
Por todos.

ADAH
¿Quiénes?

LUCIFER
Los millones de millones,
las miríadas de miríadas, toda la poblada tierra,
la tierra despoblada y el superpoblado Infierno,
del cual tu vientre es el germen.

ADAH
¡Oh, Caín! ¡Este espíritu nos maldice!

CAÍN
Déjalo hablar, yo habré de seguirlo.

ADAH
¿A dónde?

LUCIFER
A un lugar del cual volverá a ti en una hora, si bien
en esa hora habrá de ver las cosas de muchos días.

ADAH
¿Cómo podría eso ser posible?

LUCIFER
¿No hizo acaso tu Creador
en pocos días, a partir de antiguos mundos, este nuevo?
¿Y no puedo yo, que lo ayudé en aquella tarea,
mostrar en una hora lo que él ha hecho en muchas
o ha destruido en pocas?

CAÍN
Vamos, condúceme.

ADAH
¿Retornará él realmente en una hora?

Lucifer

Lo hará.

Con nosotros los actos están libres del yugo del tiempo,
pues podemos concentrar la eternidad en una hora
o, al contrario, estirar una hora en la eternidad;
no respiramos en el tiempo por una medida mortal...
pero eso es un misterio. Caín, ven conmigo.

Adah

¿Retornará?

Lucifer

Sí, mujer: de ese lugar, sólo él

de entre todos los mortales (el primero y el último
que retornará, excepto por uno) volverá a ti
para hacer a ese silencioso y expectante mundo
tan populoso como a este; al presente momento,
cuenta con pocos habitantes.

Adah

¿Dónde moras tú?

Lucifer

A lo largo de todo el espacio. ¿Dónde más había de morar?
Allí donde está tu Dios o dioses, allí estoy yo; todas las cosas
debe él dividirlas conmigo: la vida y la muerte, el tiempo,
la eternidad, el Cielo y la Tierra, y aquello que no es
ni la Tierra ni el Cielo, pero que es la morada de aquellos
que alguna vez poblaron o poblarán ambos...
¡esos son mis reinos! De modo que comparto
todo lo suyo, aunque poseo un imperio que suyo no es.
Si no fuese tal como acabo de decirlo,
¿podría yo ahora estar aquí? Sus ángeles se hallan
al alcance de la vista.

Adah

Así lo estaban cuando la serpiente

sedujo a nuestra madre.

Lucifer (a Caín)

Has oído, Caín.

Si ansías conocimiento, yo puedo saciar
tu sed sin necesidad alguna de frutos
que te priven de uno solo de los bienes
que el Vencedor te ha dejado. Sígueme.

CAÍN

Espíritu, he hablado.

*(Salen LUCIFER y CAÍN.)*

ADAH *(siguiéndolos)*
¡Caín!, ¡hermano mío!, ¡Caín!

FIN DEL ACTO I

# ACTO II

ESCENA I<br>
(El abismo del espacio.<br>
Caín y Lucifer.)

Caín

Piso en el aire y no me hundo; sin embargo, temo
hundirme.

Lucifer

    Ten fe en mí y serás
soportado por el aire, del cual soy el príncipe.

Caín

¿Podré hacer eso sin caer en la impiedad?

Lucifer

¡«Cree en mí y no te hundirás; duda y perece»!
Así rezaría el edicto del otro Dios,
que me llama demonio ante sus ángeles;
ellos repiten ese nombre ante seres miserables
que, no conociendo nada más allá de sus torpes sentidos,
alaban la palabra que percute en sus oídos y juzgan
como bueno o malo todo lo que así les es proclamado
en su ignorancia. Yo no obraré de ese modo con nadie:
me adores o no, habrás de contemplar los mundos
allende tu pequeño globo y no serás castigado,
por dudas sobre lo que trasciende tu pequeña vida,
con torturas de mi condena. Un día llegará
en el que, estando encima de unas gotas de agua,
un hombre dirá a otro: «Cree en mí
y sobre las aguas camina», y el hombre caminará
sobre las olas sin hundirse. Yo no te obligaré
a creer en mí como un credo condicional
para tu salvación, sino que volarás conmigo

sobre los abismos del espacio en idéntico vuelo
y te mostraré lo que no te atreverás a negar:
la historia de mundos pasados, presentes y futuros.


CAÍN

¡Oh, dios, o demonio, o lo que quiera que seas!,
¿es aquella nuestra Tierra?


LUCIFER
                        ¿Acaso no reconoces ya
el polvo del cual fue formado tu padre?


CAÍN
                        ¿Puede ser?
¿Aquella pequeña esfera azul, temblando en el lejano éter,
con un globo aún más pequeño a su lado
que se parece a ese que ilumina nuestra noche terrena?
¿Es aquel nuestro Paraíso? ¿Dónde están sus muros
y aquellos que los guardan?


LUCIFER
                        Señálame la ubicación
de tu Paraíso.


CAÍN
                        ¿Cómo podría? Mientras avanzamos
como rayos de sol, mi mundo se vuelve cada vez más pequeño
y, conforme se va empequeñeciendo más y más,
un halo crece a su alrededor, similar a la luz
que emitía la más grande de las estrellas cuando yo
la observaba desde las inmediaciones del Paraíso.
Creo que ambas esferas, a medida que nos alejamos de ellas,
parecen unirse a las innumerables estrellas
que nos rodean y que, mientras nos movemos,
incrementan sus miríadas.


LUCIFER
                        Y si hubiese
mundos mucho más grandes que el tuyo, habitados
por más grandes criaturas, siendo estas superiores
en número a todo el polvo de tu vil Tierra,
aunque multiplicadas a átomos animados,
todas vivas y todas condenadas a la muerte, y miserables,
¿qué pensarías?

CAÍN
Me enorgullecería de la mente
que conocería tales cosas.

LUCIFER
Pero si esa alta mente
estuviese encadenada a una servil masa de materia
y, conociendo tales cosas, aspirando a tales cosas
y a una ciencia aún superior a ellas, estuviese atada
a las más groseras, mezquinas y bajas necesidades,
todas sucias y vulgares, siendo incluso el mejor
de tus placeres sólo una dulce degradación,
el más enervante e inmundo cebo
para seducirte a la renovación de almas
y de cuerpos, todos condenados de antemano a ser
igual de frágiles, y pocos tan felices...

CAÍN
¡Espíritu!,
no sé nada de la muerte, excepto que es algo terrible
de lo cual he oído hablar a mis padres
como de una horrenda herencia que les debo
no menos que la vida, una herencia nada feliz,
según puedo juzgar hasta ahora; pero, espíritu,
si todo es como tú has dicho, y en mi interior
siento la profética tortura de su verdad,
déjame morir aquí, pues creo que dar vida
a aquellos que no pueden sino sufrir unos años
para luego morir no es más que propagar muerte
y multiplicar el asesinato.

LUCIFER
Tú no puedes
morir del todo: hay una parte que quedará.

CAÍN
El Otro no habló de esto a mi padre
cuando lo echó del Paraíso con la muerte
escrita sobre su frente. Pero deja al menos
que lo que es mortal en mí perezca, de modo
que pueda ser en el resto como los ángeles.

LUCIFER
Yo soy angelical; ¿querrías acaso ser como yo?

CAÍN
No sé lo que eres; puedo ver tu poder
y que me muestras cosas que están más allá del mío,

más allá de todo el poder de mis facultades innatas,
aunque inferiores aún a mis elevadas concepciones
y deseos.

LUCIFER

¿Qué son estas criaturas, que tienen
un orgullo tan humilde que es capaz de permanecer
con los gusanos en la arcilla?

CAÍN

¿Y qué eres tú,
que tienes un espíritu tan altivo, que puedes recorrer
la naturaleza y la inmortalidad y que, sin embargo,
pareces tan desdichado?

LUCIFER

Parezco simplemente lo que soy,
y por consiguiente te pregunto a ti si querrías
ser inmortal.

CAÍN

Tú me has dicho que debo serlo
aun a mi pesar. Ignoraba yo eso hasta hace
unas horas, pero, puesto que así debe ser,
déjame, ya feliz o infeliz, prepararme
para anticipar mi inmortalidad.

LUCIFER

Ya lo has hecho aun antes de que a ti yo me acercara.

CAÍN

¿Cómo?

LUCIFER

Sufriendo.

CAÍN

¿Y debe la tortura ser inmortal?

LUCIFER

Nosotros y tus hijos pondremos eso a prueba. Mas ahora,
¡contempla! ¿No es glorioso?

CAÍN

¡Oh, tú, hermoso
e inimaginable éter!, ¡y vosotras, constelaciones,
que no cesáis de multiplicaros, de crecidas

y aún crecientes luces!, ¿qué sois?
¿Y qué es esta azul desolación de aire interminable
por la cual os deslizáis tal como he visto hacerlo
a las hojas sobre los límpidos arroyos del Edén?
¿Tenéis vuestros cursos medidos y definidos?,
¿o vagáis acaso, en vuestro ilimitado concierto,
a través de un aéreo universo de infinita
expansión ante el cual mi alma se marea
al pensar, intoxicada con la eternidad?
¡Oh, Dios, o dioses, o lo que quiera que seáis:
cuán hermosos sois! ¡Y cuán bellas vuestras obras,
o accidentes, o lo que quiera que esto pueda ser!
¡Ah!, ¡dejadme morir, tal como los átomos mueren,
si es que mueren, o penetraros en todo vuestro poder
y conocimiento! Mis pensamientos no son en esta hora
indignos de lo que veo, aun cuando mi polvo lo es.
¡Espíritu!, ¡déjame morir o ver estas cosas más de cerca!


LUCIFER

¿No estás más cerca? Mira atrás a tu Tierra.


CAÍN

¿Dónde está ella? No veo nada, salvo un cúmulo
de luces innumerables.


LUCIFER
Mira allí.


CAÍN

No puedo verla.


LUCIFER
Sin embargo, brilla bastante aún.


CAÍN

¿Aquella de allá?


LUCIFER
Así es.


CAÍN
¿Puede ser verdad?

¡Cielos! He visto incluso a las luciérnagas salpicar
los crepusculares bosquecillos y las verdes riberas,
en el sombrío ocaso, con más brillo que el de aquel mundo
en el cual habitan.

Lucifer

Has visto a luciérnagas y mundos
brillar de igual manera: ¿qué piensas ahora de ellos?

Caín

Que ambos son bellos en su propia esfera,
y que hacia la noche, que toda su belleza les otorga,
tanto a la pequeña luciérnaga en su brillante vuelo
como a la inmortal estrella en su gran curso,
deben ambos ser guiados.

Lucifer

Pero ¿por quién o qué?

Caín

Muéstramelo tú.

Lucifer

¿Te atreves a mirar?

Caín

¿Cómo puedo saber
qué me atrevo a mirar? Hasta ahora no me has mostrado nada
de lo que haya apartado la vista.

Lucifer

Entonces sígueme;
¿deseas contemplar cosas mortales o inmortales?

Caín

¿Cómo son todas las cosas?

Lucifer

Lo uno y lo otro, en parte;
pero ¿qué te interesa más?

Caín

Las cosas que veo.

Lucifer

Pero ¿qué era lo que te *interesaba* más?

Caín

Las cosas
que no he visto y que nunca veré: los misterios de la muerte.

LUCIFER

¿Qué dices si te muestro cosas que han muerto,
así como te he mostrado muchas que no pueden morir?

CAÍN

Hazlo.

LUCIFER

Vamos, entonces, en nuestras poderosas alas.

CAÍN

¡Oh, cómo atravesamos el azul! ¡Las estrellas se desvanecen!
¡Y la Tierra!, ¿dónde está mi Tierra? Déjame verla,
pues estoy hecho de ella.

LUCIFER

Ha quedado más allá de tu alcance:
menor parece ahora en el universo que en ella tú.
Sin embargo, no creas que podrás de ella escapar:
pronto deberás retornar a su esfera y todo su polvo;
es parte de tu eternidad, así como de la mía.

CAÍN

¿A dónde me conduces?

LUCIFER

A lo que había antes de ti:
el fantasma de tu mundo, del cual el tuyo es sólo
la ruina.

CAÍN

¿Qué? ¿No es, entonces, un mundo nuevo?

LUCIFER

No más de lo que lo es la vida, y esta existía antes
que tú, que yo y que todas las cosas que nos parecen
más grandes que cualquiera de ambos. Muchas cosas hay
que no tendrán fin; y otras, que querrían pretender
que no tuvieron origen, tuvieron uno tan vil
como el tuyo; y algunas más poderosas se han extinguido
para dar lugar a cosas más bajas que las que podríamos
imaginar, pues sólo el tiempo y el espacio
han sido y serán por siempre inmutables.
Pero el cambio no es muerte, salvo para la arcilla,
y tú eres arcilla, de modo que sólo podrás comprender
lo que arcilla fue, y eso es lo que ahora contemplarás.

CAÍN

¡«Arcilla»! Bien, espíritu, puedo contemplar lo que quieras.


LUCIFER

¡Vamos, entonces!


CAÍN

Las luces se alejan de mí velozmente,
aunque antes algunas crecían mientras nos aproximábamos
y tenían el aspecto de mundos.


LUCIFER

Y tales eran.


CAÍN

¿Con paraísos en ellos?


LUCIFER

Puede ser.


CAÍN

¿Y hombres?


LUCIFER

Sí, o seres superiores.


CAÍN

¿Sí? ¿Y serpientes también?


LUCIFER

¿Querrías que hubiese hombres sin ellas? ¿Sólo los reptiles
que caminan erguidos deben respirar?


CAÍN

¡Cómo se alejan las luces!
¿A dónde volamos?


LUCIFER

Al mundo de los espectros,
que son seres del pasado y sombras de los que serán.


CAÍN

Pero está cada vez más oscuro: ya no hay estrellas.


LUCIFER

No obstante ello, puedes ver.

CAÍN

¡Es una luz espantosa!
No hay sol, ni luna, ni estrellas innumerables.
El mismo azul de la purpúrea noche asume
un tenebroso matiz crepuscular, y sin embargo veo
enormes sombras oscuras, muy distintas a los mundos
que antes veíamos, los cuales, rodeados de luz,
parecían llenos de vida, pese a que, cuando sus atmósferas
lumínicas dejaban apreciarlo, algunos tomaban formas
desiguales, de profundos valles y altas montañas,
y otros emitían destellos, y otros mostraban
enormes llanuras líquidas, y otros parecían ceñidos
por cinturones luminosos y lunas flotantes
que ostentaban, como ellos, los rasgos de la bella Tierra;
mas estos de aquí se ven horrendos y tenebrosos.

LUCIFER

Pero nítidos.
¿Deseabas contemplar la muerte y cosas muertas?

CAÍN

No lo deseaba; pero, como sé que tales cosas existen
y que el pecado de mi padre nos ha atado a ambos,
como a todos los que nos hereden, a ellas,
quiero contemplar de una vez lo que algún día
tendré que ver por fuerza.

LUCIFER
¡Contempla!

CAÍN

Sólo hay oscuridad.

LUCIFER
Y así será para siempre; pero será mejor
que abramos los portales.

CAÍN
Sale muchísimo vapor.
¿Qué es esto?

LUCIFER
Entra.

CAÍN
¿Podré retornar?

Retornarás, puedes estar seguro de ello: ¿de qué otro modo
se poblaría la muerte? Su presente reino es pequeño
comparado con lo que será gracias a ti.


Caín

                      Las nubes
crecen y forman vastos círculos a nuestro alrededor.


Lucifer

Avanza.


Caín

¿Y tú?


Lucifer

            No temas: sin mí no podrías
haber viajado más allá de tu mundo. ¡Adelante, adelante!


*(Ambos desaparecen entre las nubes.)*




ESCENA II
(El reino del Hades.
Entran Lucifer y Caín.)


Caín

¡Cuán silenciosos y vastos son estos lúgubres mundos!,
pues parecen más de uno, y todos más poblados
que los enormes globos resplandecientes que flotaban
tan apiñadamente en el aire superior
y a los que había llegado a creer la brillante población
de algún cielo absolutamente inconcebible
antes que objetos habitados ellos mismos,
hasta que acercándome más pude verlos
creciendo a una palpable inmensidad de materia
que más parecía a propósito para albergar vida
que un ser vivo en sí. Pero en este lugar
todo se ve tan sombrío, lúgubre y tenebroso
que sólo puedo pensar en el pasado.


Lucifer

                   Es el reino
de la muerte. ¿Querrías que fuese el presente?

CAÍN

En tanto no sepa de qué se trata, no puedo responder.
Pero si es como he oído a mi padre discurrir
en sus largas homilías, es algo que... ¡Oh, Dios!,
¡no me atrevo a pensar en ello! ¡Maldito sea
aquel que creó una vida que conduce a la muerte,
o la miserable forma de vida que, siendo vida,
no puede retenerla y debe así perderla,
incluso en los inocentes!

LUCIFER
¿Maldices a tu padre?

CAÍN

¿No me maldijo él a mí al darme mi nacimiento?
¿No me maldijo incluso antes de este, al atreverse
a probar el fruto prohibido?

LUCIFER
Dices bien:
la maldición entre tú y tu padre es mutua;
pero ¿qué hay de tus hijos y hermano?

CAÍN
¡Que la compartan
conmigo, su hermano y padre! ¿Qué otra cosa
me ha sido legada? Les dejo mi herencia.
¡Oh, vosotros, ilimitados y lóbregos reinos
de fluctuantes sombras y formas enormes,
algunas bien nítidas, otras indistintas, mas todas
inmensas y melancólicas!, ¿qué es lo que sois?
¿Vivís o habéis vivido?

LUCIFER
En cierto modo, ambas cosas.

CAÍN
Entonces, ¿qué es la muerte?

LUCIFER
Qué, ¿acaso no te ha dicho
aquel que te creó que es otra vida?

CAÍN
Hasta ahora
no ha dicho nada, salvo que todos moriremos.

Lucifer

Quizás algún día se digne a revelar ese otro secreto.

Caín

¡Feliz el día!

Lucifer

     Sí, ¡feliz!, cuando el secreto sea revelado,
a través de sufrimientos indescriptibles y rodeado
de agonías eternas, para noticia de innumerables
miríadas de átomos inconscientes aún no nacidos,
pero todos condenados a ser animados sólo para esto.

Caín

¿Qué son estos grandes espectros que veo
flotando a mi alrededor? No tienen la forma
de los espíritus que he visto en las inmediaciones
de nuestro llorado y jamás penetrado Paraíso,
ni guardan el aspecto del hombre tal como lo he visto
en el de Adán, en el de Abel o en el mío,
ni en el de mi mujer y hermana o en el de mis hijos;
y sin embargo tienen una figura que, aunque
ni de hombres ni de ángeles, sugiere algo que fue
más grande, si no que los últimos, al menos que los primeros,
tan altivos, elevados, hermosos y llenos,
al parecer, de una gran fuerza, pero de inexplicable figura,
pues nunca he contemplado seres similares. No tienen
las alas de los serafines, ni el rostro del hombre,
ni el aspecto de las bestias más poderosas, ni el de nada
que respire ahora. Aunque hermosos y poderosos
como lo más poderoso y hermoso que aún vive,
se ven tan diferentes a ellos que apenas me atrevo
a llamarlos seres vivos.

Lucifer
Mas vivieron.

Caín

         ¿Dónde?

Lucifer

Donde vives tú.

Caín

  ¿Cuándo?



Lord Byron

Lucifer
En el pasado de tu Tierra
habitaron ellos.

Caín
Pero Adán es el primero...

Lucifer
De los tuyos, te lo concedo... aunque demasiado bajo y ruin
para ser el último de estos.

Caín
¿Y qué son?

Lucifer
Lo que tú serás.

Caín
Pero ¿qué *fueron* antes?

Lucifer
Seres vivos, elevados,
inteligentes, nobles, capaces, grandes y gloriosos,
tan superiores en todo a lo que tu padre, Adán,
pudo haber sido alguna vez en el Paraíso,
como inferior la generación número sesenta mil será,
en toda su triste y brutal degeneración, comparada
contigo y tu hijo; y cuán débiles serán puedes juzgarlo
por tu propia carne.

Caín
¡Ay de mí! ¿Y perecieron estos?

Lucifer
Sí, por su arcilla, como tú lo harás por la tuya.

Caín
Pero ¿es la de ellos la mía?

Lucifer
Lo es.

Caín
Mas no igual.
Ahora es demasiado pequeña y baja para pertenecer
a tales criaturas.

LUCIFER

Cierto: fue mucho más gloriosa antes.

CAÍN

¿Y por qué cayó?

LUCIFER

Pregúntale a aquel que hace caer.

CAÍN

Pero ¿cómo fue su caída?

LUCIFER

                    Por efecto de una aplastante
e inexorable destrucción de los elementos en desorden
que sumió al mundo en caos, así como un caos
al calmarse había generado dicho mundo; tales cosas,
aunque raras en el tiempo, son frecuentes en la eternidad.
Sigue adelante y contempla el pasado.

CAÍN

                          ¡Es horrible!

LUCIFER

Pero real. ¡Contempla a estos espectros!: alguna vez fueron
materiales como tú.

CAÍN

¿Y tendré yo que ser como ellos?

LUCIFER

Que aquel que te creó responda a esa pregunta.
Yo sólo te muestro lo que son tus predecesores,
y tú puedes imaginar lo que fueron, inferior
en lo que respecta a tus pequeños sentimientos
y a tu más pequeña porción de la inmortal parte
de alta inteligencia y de fuerza terrena.
Lo que tienes en común con lo que ellos tuvieron
es la vida; lo que tendrás, la muerte; el resto
de tus pobres atributos es más bien el propio
de reptiles engendrados por el limo recién apaciguado
de un enorme universo arrasado a un planeta
de formas aún irregulares, habitado por seres
cuya felicidad se basa en permanecer ciegos
en un paraíso de ignorancia del cual el conocimiento
se halla vedado como un veneno. Pero admira
lo que estos seres superiores son o fueron,

o, si ello te molesta, vete a cultivar nuevamente
la tierra, tu tarea: yo te depositaré allí sano y salvo.

CAÍN

No; me quedaré aquí.

LUCIFER
¿Por cuánto tiempo?

CAÍN

¡Para siempre!
Puesto que algún día deberé retornar de la Tierra a este lugar,
prefiero permanecer aquí desde ahora; siento disgusto por todo
lo que el polvo me ha dado: déjame morar en las sombras.

LUCIFER

Tal cosa no es posible: estás sólo contemplando
como una visión lo que es la realidad.
Para volverte apto para esta morada debes primero
pasar por lo que los seres que ves han pasado:
los portales de la muerte.

CAÍN
¿Y por qué puerta he entrado yo?

LUCIFER

Por la mía; pero fue bajo la condición de regresar
que mi espíritu te elevó para respirar en regiones
donde nada respira salvo tú. Sigue mirando,
pero no pienses en morar aquí sino hasta que tu hora
haya llegado.

CAÍN
¿Y podrán todos estos retornar de nuevo

a la Tierra?

LUCIFER
Su Tierra se ha perdido para siempre;

tan cambiada por su convulsión, ellos no podrían
reconocer ni uno solo de los lugares que actualmente
conforman su nueva superficie apenas endurecida.
Era... ¡oh, qué bello mundo era!

CAÍN
Y es.

No es con la Tierra, aunque debo cultivarla,
con lo que estoy en guerra, sino con que no puedo

beneficiarme sin trabajo de todo lo que tiene de belleza,
ni gratificar mis innumerables pensamientos crecientes
con el conocimiento, ni calmar mis innumerables temores
sobre la vida y sobre la muerte.

LUCIFER

                    Tú puedes ver
lo que tu mundo es, pero no puedes comprender la sombra
de lo que alguna vez fue.

CAÍN

                    Y estas otras enormes
criaturas, fantasmas inferiores en inteligencia,
al menos según parece, a aquellos que antes vimos,
que se asemejan a los salvajes habitantes
de las profundas selvas de la Tierra, los más grandes,
que rugen durante la noche en los bosques, aunque
diez veces mayores en magnitud y terror, más altos aún
que los muros custodiados por querubines del Edén, con ojos
que centellean como las ardientes espadas que los guardan
y con colmillos que se proyectan como árboles desnudos
de corteza y de ramas, ¿qué fueron?

LUCIFER

                    Algo similar
a lo que el mamut es en tu mundo; pero estos yacen
en miríadas por debajo de su superficie.

CAÍN

¿Y no queda ninguno sobre ella?

LUCIFER

                    No, pues la guerra de tu frágil
raza con estos volvería inútil la maldición sobre ella impuesta,
tan velozmente sería destruida.

CAÍN

                    Pero ¿por qué habría una guerra?

LUCIFER

¿Has olvidado ya la sentencia con la que tu raza
se alejó del Edén?: guerra con todas las cosas,
y para todos los seres muerte, y para la mayoría enfermedad,
amargura y agonías... Esos fueron los frutos
del árbol prohibido.



LORD BYRON

Cᴀíɴ

Pero los animales...
¿acaso también ellos comieron de él, que deben morir?

Lᴜᴄɪꜰᴇʀ

Vuestro creador os dijo que fueron hechos para vosotros,
como vosotros para él. ¿Querrías acaso que su condena
fuese inferior a la vuestra? Si Adán no hubiese caído,
todos se habrían salvado.

Cᴀíɴ

¡Ay, infortunados miserables! ¡También
ellos deben compartir el destino de mi padre, como sus hijos;
como ellos, también, sin haber probado la manzana;
como ellos, también, sin el conocimiento a tan alto precio
obtenido! Fue un árbol mentiroso, pues no conocemos nada.
Al menos había prometido conocimiento al precio de la muerte,
pero conocimiento al fin; mas ¿qué sabe el hombre?

Lᴜᴄɪꜰᴇʀ

Puede que sea la muerte la que conduzca al más alto
conocimiento; y, siendo de entre todas las cosas la única cierta,
conduce al menos a la más segura de las ciencias;
por consiguiente, el árbol fue sincero, aunque mortal.

Cᴀíɴ

¡Estos oscuros reinos! Los veo, pero no puedo entenderlos.

Lᴜᴄɪꜰᴇʀ

Ello se debe a que tu hora aún se halla lejos y la materia
no puede comprender del todo el espíritu; mas ya es algo
saber que tales reinos existen.

Cᴀíɴ

Pero ya sabíamos nosotros
que existía la muerte.

Lᴜᴄɪꜰᴇʀ

Mas no lo que tras ella había.

Cᴀíɴ

Ni lo sé aún.

Lᴜᴄɪꜰᴇʀ

Sabes ahora que existe un estado,
y muchos otros estados, más allá del tuyo; y esto
no lo sabías esta mañana.

CAÍN

        Pero todo se me hace
confuso y sombrío.

LUCIFER

        Conténtate así: se le hará
muchísimo más claro a tu inmortalidad.

CAÍN

Y aquel inconmensurable espacio líquido
de glorioso azul que flota más allá,
que parece agua y que podría yo creer
el río que fluye desde el Paraíso, y que surca
mi propia morada, si no fuese porque carece de orillas,
abriéndose ilimitado en un matiz tan etéreo,
¿qué es?

LUCIFER

      Hay aún algunos así en la Tierra,
aunque inferiores, y muchos de tus descendientes habrán
de morar cerca de ellos: es el fantasma de un océano.

CAÍN

Es como otro mundo, como un sol líquido.
¿Y aquellas enormes criaturas que se recrean
sobre su brillante superficie?

LUCIFER

        Son sus moradores,
los antiguos leviatanes.

CAÍN

        Y aquella inmensa serpiente,
que eleva su enorme cabeza y sus goteantes crines
por sobre el abismo hasta alcanzar una altura diez veces mayor
a la del cedro más elevado y que parece capaz de enroscarse
alrededor de los inmensos mundos que vimos antes,
¿es del mismo tipo que aquella que se asoleaba debajo
del árbol del Edén?

LUCIFER

        Eva, tu madre, podría
decirte mejor qué forma tenía la serpiente que la tentó.

CAÍN

Esta es demasiado aterradora; indudablemente la otra
debió de tener más belleza.

LUCIFER

¿Nunca la has visto?

CAÍN

He visto muchas serpientes, o al menos así llamadas,
pero nunca precisamente aquella que la persuadió a probar
el fruto fatal, ni tan siquiera una del mismo aspecto.

LUCIFER

¿Y la vio tu padre?

CAÍN

No: fue mi madre
la que lo tentó a él, tentada ella por la serpiente.

LUCIFER

¡Hombre simple! Cuando quiera que tu esposa o las de tus hijos
te tienten a ti o a ellos a algo nuevo o extraño,
asegúrate de ver primero qué fue lo que las tentó a ellas.

CAÍN

Tu precepto llega demasiado tarde: no queda ya nada
a las serpientes a lo que tentar a la mujer.

LUCIFER

Pero aún quedan cosas a las que la mujer puede tentar
al hombre y el hombre a la mujer: ¡que tus hijos
lo recuerden! Mi consejo es más que amable, pues es dado
principalmente a mis propias expensas; aunque cierto es
que no será seguido por nadie, de modo que pierdo poco.

CAÍN

No entiendo nada de esto.

LUCIFER

¡Feliz de ti!
Tú y el mundo son aún tan jóvenes... Te crees
una criatura muy perversa y desdichada, ¿no es así?

CAÍN

Con respecto al crimen, no lo sé; pero, en cuanto al dolor,
he sentido mucho.

LUCIFER

¡Primogénito del primer hombre!:
tu presente estado de pecado (y eres malvado)
y de tristeza (y sufres) es el Edén

en toda su inocencia en comparación con aquello
que dentro de poco tal vez te espere; y ese estado,
en su miseria redoblada, es nuevamente un Paraíso
en comparación con lo que los hijos de los hijos de tus hijos,
acumulándose en generaciones como el polvo
(al que, de hecho, sólo se añaden), habrán de soportar y obrar.
Pero regresemos a la Tierra.

CAÍN

       ¿O sea que me has traído
hasta aquí sólo para informarme esto?

LUCIFER

¿No buscabas el conocimiento?

CAÍN

       Sí, creyéndolo el camino
a la felicidad.

LUCIFER

    Si la verdad puede ser tal cosa,
tú la posees.

CAÍN

   Entonces el Dios de mi padre
hizo bien al prohibir ese árbol fatal.

LUCIFER

Pero habría hecho mejor en no plantarlo.
Mas la ignorancia de la ciencia del mal no salva
del mal; este debe aún existir lo mismo,
como una parte de las cosas.

CAÍN

    Pero no de todas.
No, no creeré esto, pues yo sólo anhelo el bien.

LUCIFER

¿Y quién y qué no lo hace? ¿Quién aspira al mal
por su propio amargo fin? ¡Nadie!... ni nada.
Es sólo lo que eleva toda vida, y toda falta de ella.

CAÍN

A aquellas gloriosas esferas que, distantes,
innúmeras y deslumbrantes, contemplamos
antes de arribar a estos reinos espectrales
el mal no puede llegar: son demasiado bellas.

LUCIFER

Sólo las has visto de lejos.

CAÍN

¿Y qué hay con ello?
La distancia únicamente puede disminuir su gloria;
de cerca deben de ser mucho más inefables.

LUCIFER

Aproxímate a los objetos más hermosos de la Tierra
y juzga su belleza de cerca.

CAÍN

Ya lo he hecho, y la cosa
más hermosa que conozco, de cerca, lo es más aún.

LUCIFER

Entonces debe de haber algún engaño en tus sentidos.
¿Qué puede ser aquello que, hallándose cerca de tus ojos,
es más hermoso aún que la belleza de las cosas remotas?

CAÍN

Mi hermana Adah. Todas las estrellas del firmamento;
la azul profundidad de la noche, iluminada por una esfera
que parece un espíritu o un mundo de almas;
los matices del ocaso; la majestuosa salida del sol
y su indescriptible puesta, que llena mis ojos
de placenteras lágrimas mientras lo contemplo hundirse
y siento que mi corazón flota suavemente con él
a lo largo del paraíso occidental de nubes;
las sombras del bosque, las verdes ramas y la voz de las aves;
aquella ave vespertina que parece cantar de amor,
mezclando sus trinos con los himnos de los querubines,
mientras el día se cierra sobre los muros del Edén;
todas estas cosas nada son, para mi corazón y mis ojos,
frente al rostro de Adah: me aparto de la tierra y del cielo
para contemplarla a ella.

LUCIFER

Es tan bella como la frágil mortalidad,
en el primer amanecer y florecer de la joven creación
y los más tempranos abrazos de los padres de la Tierra,
pudo hacer a su descendencia; y sin embargo es un engaño.

CAÍN

Hablas así sólo porque no eres hermano de ella.

LUCIFER

¡Mortal!,

sólo soy hermano de aquellos que no tienen hijos.

CAÍN

Entonces no puedes tener tal relación con nosotros.

LUCIFER

Puede que la tuya lo sea algún día por la mía.
Mas si posees un ser cuya hermosura
sobrepasa toda otra belleza ante tus ojos,
¿por qué eres miserable?

CAÍN

¿Por qué existo?

¿Por qué eres miserable tú? ¿Por qué lo son todos?
Hasta aquel que nos hizo debe de serlo, puesto que es
el creador de seres desdichados. Producir destrucción
seguramente no sería nunca labor de la dicha,
y sin embargo mi padre me dice que él es omnipotente;
entonces, ¿por qué existe el mal, siendo bueno él?
Una vez pregunté esto a mi padre y me respondió
que el mal es simplemente el único camino al bien.
Extraño bien, que debe surgir de su mortal
contrario. Hace poco vi cómo un pequeño cordero
era mordido por un reptil; el pobre animal yacía
echando espuma en la tierra, bajo el vano
y compasivo bramido de su desesperada madre;
mi padre buscó entonces unas hierbas, las aplicó
sobre la herida y, gradualmente, la miserable criatura
fue recuperando su desaprensiva vida, hasta que se levantó
para beber la leche de su madre, la cual se puso a lamer
trémulamente sus redivivos miembros con alegría.
«Observa, hijo —me dijo Adán—, cómo es que del mal
nace el bien».

LUCIFER

¿Y tú qué respondiste?

CAÍN

Nada,

pues es mi padre; pero pensé para mí que habría sido
un mejor destino para aquel animal no haber
sido mordido en lo absoluto que haber comprado
una inútil renovación para su pequeña vida
por medio de agonías indecibles, aunque luego disipadas
por antídotos.

Lucifer

Pero como tú dijiste que, de todas

las cosas amadas, tú amas por sobre todo a aquella
que compartió contigo la leche de tu madre
y que dio la suya a tus hijos...

Caín

De seguro.

¿Qué sería yo sin ella?

Lucifer

¿Qué soy yo?

Caín

¿No amas nada?

Lucifer

¿Qué ama tu Dios?

Caín

Todas las cosas, según dice mi padre; pero confieso
que no puedo verlo así cuando son destinadas a este sitio.

Lucifer

Por consiguiente, no puedes saber si amo o no,
ni ver nada, salvo una especie de vasto propósito general
ante el cual lo particular se derrite como nieve.

Caín

¿«Nieve»? ¿Qué es eso?

Lucifer

Considérate feliz de no conocer

lo que tu descendencia más remota deberá enfrentar;
sólo asoléate en el clima que no conoce invierno.

Caín

Pero ¿no amas tú nada siquiera similar a ti?

Lucifer

¿Te amas tú a ti mismo?

Caín

Sí, pero más amo aún

a aquella que hace más soportables mis sentimientos,
y que es más que yo, puesto que la amo.

LUCIFER

Sólo la amas porque es bella, como lo fue
la manzana a los ojos de tu madre;
cuando deje de serlo, tu amor cesará,
como cualquier otro de tus apetitos.

CAÍN

¡Dejar de ser bella!, ¿cómo podría suceder eso?

LUCIFER

Con el tiempo.

CAÍN

       Pero ya ha pasado mucho tiempo
y hasta Adán y Eva siguen siendo bellos;
quizás no tanto como Adah y los serafines,
pero muy hermosos aún.

LUCIFER

       Mas todo eso pasará,
tanto en ellos como en ella.

CAÍN

       Mucho lo lamento;
mas ni aun así creo que mi amor por ella pueda disminuir.
Cuando toda su belleza desaparezca, pienso que aquel
que crea toda la belleza perderá mucho más
que yo al ver perecer semejante obra.

LUCIFER

Me apiado de ti, que amas lo que debe perecer.

CAÍN

Y yo de ti, que no amas nada.

LUCIFER

          Y tu hermano,
¿se halla cerca de tu corazón?

CAÍN

       ¿Por qué no debería?

LUCIFER

Tu padre lo ama mucho, y así lo hace tu Dios.

CAÍN

Y también yo.

LUCIFER

Eso está muy bien y obedientemente hecho.

CAÍN

¿Qué? ¿«Obedientemente»?

LUCIFER

Él es tu hermano menor de carne,

y sin embargo el favorito de tu madre.

CAÍN

Que se quede

con su favor, ya que la serpiente fue la primera
en ganarlo.

LUCIFER

¿Y con el de tu padre?

CAÍN

¡Qué me importa!

¿Acaso no debo amar a aquel a quien todos aman?

LUCIFER

Y Jehová, el indulgente Señor, el bondadoso
plantador de todo el prohibido Paraíso...
también él mira sonrientemente a tu hermano Abel.

CAÍN

Nunca lo he visto, e ignoro si sonríe.

LUCIFER

Pero has visto a sus ángeles.

CAÍN

Raras veces.

LUCIFER

Pero las suficientes como para saber que aman
a tu hermano: sus sacrificios son aceptados.

CAÍN

¡Que lo sean! ¿Por qué me hablas de esto?

LUCIFER

Porque tú ya lo has pensado antes.

CAÍN

                          Y si lo he pensado,
¿para qué recordarme pensamientos que...?

                          *(Hace una pausa, como agitado.)*

                                    ¡Espíritu!,
¡estamos ahora en tu mundo, no me hables del mío!
Me has mostrado cosas prodigiosas; me has mostrado
aquellos seres preadamitas que caminaban por la Tierra
de la cual la nuestra es sólo la ruina; me has señalado
miríadas de mundos estrellados, entre los cuales el nuestro
no es sino el más insignificante y remoto compañero
en un infinito de vida; me has mostrado sombras
de esa existencia posterior al temido nombre que mi padre
nos trajo, la muerte; me has mostrado mucho,
mas no todo: muéstrame dónde mora Jehová,
muéstrame su Paraíso especial... o el tuyo.
¿Dónde está?

LUCIFER
Aquí, y a lo largo de todo el espacio.

CAÍN
Pero debes de tener alguna morada destinada, como todos:
la arcilla tiene su Tierra, y los otros mundos sus habitantes;
todas las criaturas temporarias que respiran tienen
su elemento particular, y aquellas que ya han dejado
de respirar nuestro aliento tienen el suyo, según has dicho;
lo mismo debe de ocurrir con Jehová y contigo.
¿No vivís juntos?

LUCIFER
No; reinamos juntos, sí,
pero nuestras respectivas moradas están separadas.

CAÍN
¡Querría que existiese sólo uno de vosotros!
Tal vez una unidad de propósito pudiese armonizar
elementos que parecen ahora luchar entre tormentas.
¿Cómo llegasteis, siendo espíritus sabios e infinitos,
a separaros? ¿No sois acaso hermanos en vuestra
esencia, en vuestra naturaleza y en vuestra gloria?

LUCIFER
¿No eres tú hermano de Abel?

CAÍN

                    Hermanos somos
y así permaneceremos. Pero, aun cuando así no fuese,
¿es el espíritu como la carne?, ¿puede pelearse?,
¿la Infinidad desavenida con la Inmortalidad,
sacudiendo el espacio y llenándolo de miseria?
¿Con qué fin?

LUCIFER
El de reinar.

CAÍN
        ¿No me dijiste
que ambos erais eternos?

LUCIFER
Así es.

CAÍN
                Y lo que he visto,
aquella inmensidad azul, ¿no es ilimitada?

LUCIFER
                        En efecto.

CAÍN
¿Y no podéis reinar ambos? ¿No hay suficiente?
¿Por qué deberíais diferir?

LUCIFER
        Reinamos ambos.

CAÍN
Pero uno de vosotros hace el mal.

LUCIFER
                ¿Cuál?

CAÍN
                        ¡Tú!, pues,
si puedes hacerle un bien al hombre, ¿por qué no se lo haces?

LUCIFER
¿Y por qué no se lo hace aquel que lo creó? Yo no os creé;
sois sus criaturas, no las mías.

CAÍN
                    Entonces déjanos
criaturas suyas, como dices que somos, o muéstrame
tu morada o la de él.

LUCIFER
                    Puedo mostrarte ambas;
mas llegará el día en que habrás de ver una de ellas
para siempre.

CAÍN
¿Y por qué no verla ahora?

LUCIFER
Tu mente humana apenas tiene poder para abarcar
en un calmo y claro pensamiento lo poco que te he
mostrado, ¿y aún sigues aspirando a penetrar
los dos grandes Misterios, los dos Principios,
y a contemplarlos en sus tronos secretos?
¡Polvo, limita tu ambición!, pues contemplar
a alguno de estos sería para ti perecer.

CAÍN
¡Déjame entonces perecer, de modo que pueda verlos!

LUCIFER
¡Allí habló el hijo de la que arrancó la manzana!
Sucede que sólo perecerías y seguirías sin verlos:
esa visión es para el otro estado.

CAÍN
                    ¿El de la muerte?

LUCIFER
Aquella es sólo el preludio.

CAÍN
                    Entonces le temo menos,
ahora que sé que conduce a algo definido.

LUCIFER
Vamos, te llevaré de vuelta a tu mundo,
donde multiplicarás la raza de Adán, comerás, beberás,
trabajarás, temblarás, reirás, llorarás, dormirás y morirás.

CAÍN

¿Y con qué fin he contemplado todas estas cosas
que me has mostrado?

LUCIFER

¿No exigías tú conocimiento?

¿Y no te he yo, con todo lo que te he mostrado,
enseñado a conocerte a ti mismo?

CAÍN

¡Ay!, ¡no parezco nada!

LUCIFER

Y esa debería ser toda la suma humana
de conocimiento: saber que la naturaleza mortal
no es nada. Lega esa ciencia a tus hijos
y les ahorrarás muchas torturas.

CAÍN

¡Altivo espíritu!,

dices eso orgullosamente; pero tú, aunque orgulloso,
tienes un superior.

LUCIFER

¡No! ¡Por el Cielo, que él

retiene, y el abismo y la inmensidad de mundos
y de vida, que yo retengo con él, no!
Tengo un vencedor, es cierto, pero no un superior.
Homenaje él tiene de todos, pero ninguno de mí;
combato contra él por este, tal como combatí
en el altísimo Cielo. A través de toda la eternidad,
y de los insondables abismos del Hades,
y de los interminables reinos del espacio,
y de la infinitud de edades sin término,
¡todo, todo lo disputaré yo! Y mundo por mundo,
y estrella por estrella, y universo por universo,
todo temblará en la balanza, hasta que el gran
conflicto cese, si es que alguna vez cesará,
lo cual nunca hará, no sino hasta que él o yo
sucumbamos. ¿Y qué puede hacer sucumbir nuestra
inmortalidad, nuestro mutuo e irrevocable odio?
Él, como conquistador, llamará a lo conquistado
el mal; pero ¿qué será el bien que él dará?
Si el vencedor fuese yo, sus obras serían juzgadas
las únicas malvadas. Y a vosotros, a vosotros,
nuevos y apenas nacidos mortales, ¿cuáles han sido
los dones que os ha dado en vuestro pequeño mundo?

CAÍN

No han sido sino pocos, y algunos de estos sólo amargos.

LUCIFER

Regresa conmigo, entonces, a tu Tierra y pon a prueba
el resto de los celestiales dones otorgados a ti y a los tuyos.
El bien y el mal son cosas en su propia esencia,
y no hechas buenas o malas por aquel que las da;
mas si él os da el bien, llamadlo así,
y si de él brota el mal, no lo llaméis mío
hasta que no conozcáis mejor su verdadera fuente;
y no juzguéis por palabras, aunque de espíritus,
sino por los frutos de vuestra existencia, como debe ser.
Un buen don la manzana fatal os ha conferido:
vuestra razón; no dejéis que esta sea oprimida
por tiránicas amenazas para forzaros a una fe
en contra de todo sentido externo y sentimiento interno;
pensad y resistid, y forjad un mundo interior
en vuestro propio pecho allí donde el exterior falle;
así estaréis más cerca de la naturaleza espiritual
y combatiréis triunfantes con la vuestra.

*(Desaparecen.)*

FIN DEL ACTO II

# ACTO III

ESCENA I
(Las proximidades del Edén, como en el Acto I.
Entran ADAH y CAÍN.)

ADAH

¡Shhh!, pisa suavemente, Caín.

CAÍN

Lo haré, pero ¿por qué?

ADAH

Nuestro pequeño Enoch duerme sobre aquel lecho
de hojas, bajo el ciprés.

CAÍN

¿El ciprés? Es un árbol
sombrío, que parece llorar enlutado sobre aquello
a lo que da sombra. ¿Por qué lo elegiste
como dosel para nuestro hijo?

ADAH

Porque sus ramas
cubren del sol como la noche y por ello me pareció
adecuado para dar sombra al sueño.

CAÍN

¡Ay!, tal vez
al último y más largo; pero no importa, llévame a él.

*(Se acercan al niño.)*

¡Cuán hermoso se ve!, con sus diminutas mejillas,
en su pura encarnación, rivalizando con los pétalos
de rosa caídos junto a ellas.

ADAH

Y también sus labios,
¡cuán bellamente entreabiertos! No, no debes besarlo,
Caín, al menos no todavía: pronto despertará,
pues su hora de siesta casi está por terminar,
pero sería una pena perturbarlo antes de que esta
hubiese acabado.

CAÍN

Has dicho bien; contendré mi corazón
hasta entonces. ¡Mira cómo sonríe mientras duerme!
Sigue durmiendo y sonriendo, pequeño y joven heredero
de un mundo apenas menos joven... sigue durmiendo
y sonriendo. Tuyas son las horas y los días agradables
e inocentes; tú no has probado aquel fruto
e ignoras aún que estás desnudo. ¿Deberá llegarte la hora
en que serás castigado por pecados desconocidos,
que no fueron ni tuyos ni míos? Mas sigue durmiendo ahora.
Sus mejillas se enrojecen en más profundas sonrisas
y sus brillantes párpados tiemblan sobre sus largas
pestañas, oscuras como el ciprés que sobre ellas se mece;
entreabiertas, el claro color azul debajo de ellas
sonríe, aunque en sueños. Debe de estar soñando...
¿con qué? Con el Paraíso. ¡Sí, sueña con él,
mi niño desheredado! Mas sólo será un sueño,
pues nunca más ni tú, ni tus hijos, ni tus padres
hollarán esas prohibidas tierras de gozo.

ADAH

¡Querido Caín!, no susurres sobre nuestro hijo
tan melancólicos anhelos de lo pasado.
¿Te seguirás lamentando siempre por ese Paraíso?
¿Acaso no podemos hacer otro?

CAÍN

¿Dónde?

ADAH

Aquí,
o donde tú lo desees; donde quiera que tú estás,
no siento yo la necesidad de ese tan llorado Edén.
¿No te tengo acaso a ti, a nuestros hijos, padre y hermano,
a nuestra dulce hermana Zillah y a nuestra Eva,
a quien tanto debemos además de nuestro nacimiento?

CAÍN

Sí; y la muerte está entre lo mucho que le debemos.

ADAH

¡Caín! Ese orgulloso espíritu que te llevó consigo
te ha dejado una tristeza más profunda. Esperaba yo
que las prometidas maravillas que contemplaste,
visiones, según dices, de pasados y presentes mundos,
compusieran tu mente y la llevasen a la serenidad
de un conocimiento satisfecho, pero veo que tu guía
te ha hecho un mal, si bien le agradezco,
y puedo perdonarle todo, por el que tan pronto
te haya devuelto a nosotros.

CAÍN

    ¿«Tan pronto»?

ADAH

Pasaron apenas dos horas desde tu partida, dos horas
muy largas para mí, mas sólo horas para el sol.

CAÍN

Y sin embargo me he acercado a ese sol y he visto
mundos sobre los cuales alguna vez brilló y que ya nunca
volverá a iluminar, así como mundos que no alumbró jamás.
Creí que habían rodado años en mi ausencia.

ADAH

            Apenas horas.

CAÍN

Entonces la mente tiene una capacidad propia
para el tiempo y lo mide por aquello que contempla,
ya agradable o doloroso, ya pequeño o todopoderoso.
He podido admirar las obras inmemoriales
de seres inmortales, he visto mundos extintos
y, abarcando con mis ojos la eternidad,
me pareció que había tomado unas dosis de años
de su inmensidad; mas ahora puedo sentir
nuevamente mi pequeñez. ¡Bien dijo aquel espíritu
que yo no era nada!

ADAH

    ¿Por qué dijo tal cosa?
Jehová no dice eso.

CAÍN

    No: él se contenta
con haber hecho de nosotros la nada que somos
y, tras adular al polvo con vislumbres

del Edén y de la Inmortalidad, arrojarlo
al polvo nuevamente, ¿y por qué?


                                ADAH
                                                Tú lo sabes:
por el error de nuestros padres.


                                CAÍN
                                        ¿Y eso que tiene que ver
con nosotros? Ellos pecaron: que mueran ellos.


                                ADAH
No has hablado nada bien, ni es tuyo tal pensamiento,
sino del espíritu que estuvo hoy contigo. ¡Si sólo
pudiese yo morir por ellos para que ellos viviesen!


                                CAÍN
Así diría yo si creyese que una víctima
podría saciar al insaciable de vida
y que aquel pequeño ser que allí duerme podría,
de ese modo, salvarse de probar la muerte y el dolor
y de legarlos a todos aquellos que de él surgirán.


                                ADAH
¿Y cómo sabemos si con tal expiación no podríamos
redimir algún día a nuestra raza?


                                CAÍN
                                        ¿Sacrificando
al indefenso por los culpables? ¿Qué expiación
sería esa? Nosotros somos inocentes: ¿qué hemos hecho
para que debamos ser víctimas por algo acaecido
antes de nuestro nacimiento, o para que necesitemos
engendrar víctimas para expiar un pecado misterioso
e inefable, si es tal pecado el ansiar conocimiento?


                                ADAH
¡Ay!, ¡pecas incluso ahora, mi Caín! Tus palabras
suenan impías en mis oídos.


                                CAÍN
                                ¡Entonces déjame!

                                ADAH
                                                ¡Nunca,
ni aunque te deje Dios!


                                                    *LORD BYRON*

CAÍN
¿Qué es esto que hay aquí?

ADAH
Dos altares que nuestro hermano Abel preparó
durante tu ausencia a fin de ofrecer contigo
un sacrificio a Dios no bien hubieses regresado.

CAÍN
¿Y cómo se le ocurrió que yo estaría tan dispuesto
a quemar esas ofrendas que trae diariamente,
con una dócil mirada cuya baja humildad
muestra más miedo que adoración, para sobornar
al Creador?

ADAH
De seguro que hace bien en ello.

CAÍN
Un altar alcanzará: yo no tengo ofrendas.

ADAH
Los frutos de la tierra, los tempranos y hermosos
brotes, las bellas flores, los capullos y las frutas
son excelentes ofrendas para el Señor,
si son dadas con un espíritu dulce y contrito.

CAÍN
He trabajado, he labrado la tierra y he sudado bajo el sol,
cumpliendo con la maldición... ¿acaso debo hacer más?
¿Por qué debería ser dulce?, ¿por una guerra
con todos los elementos a fin de que nos cedan
el pan que comemos? ¿Por qué debería estar agradecido?,
¿por ser polvo y por tener que arrastrarme por el polvo
hasta al polvo retornar? Si no soy nada,
¿debo ser un hipócrita por la nada y simular
estar contento con el dolor? ¿Por qué debería
sentirme contrito?, ¿por el pecado de mi padre,
ya expiado con todo lo que hemos debido soportar,
y que seguirá siendo expiado, durante todos
los siglos profetizados, por nuestra descendencia?
Poco imagina nuestro pequeño durmiente de allí
que el germen de una miseria eterna
para miríadas yace en su interior; mejor sería
que lo tomase en su sueño y lo estrellase
contra las rocas que dejarlo vivir para...

ADAH

¡Oh, Dios mío!

¡No toques al niño, a mi hijo!, ¡a tu hijo! ¡Oh, Caín!

CAÍN

No temas: por todas las estrellas, y por todo el poder
que las gobierna, no me acercaré a aquel infante
con un saludo más rudo que el beso de un padre.

ADAH

¿Y por qué fuiste entonces tan monstruoso en tus palabras?

CAÍN

Sólo dije que sería preferible que dejase de vivir
a dar vida a tanto de tristeza como la que deberá
soportar y, peor aún, legar; pero, puesto que esas palabras
te perturban, digamos únicamente que...
sería mejor que nunca hubiese nacido.

ADAH

¡Oh, no digas eso! ¿Dónde estarían entonces las alegrías
maternales de vigilarlo, de alimentarlo y de amarlo?
¡Despacio!, ya despierta... ¡Oh, dulce Enoch!

*(Se acerca al niño.)*

¡Oh, Caín!, ¡míralo! ¡Mira cuán lleno de vida,
de fuerza, de futuro, de belleza y de alegría!;
¡cuán parecido a mí, cuán parecido a ti cuando calmo!,
pues entonces todos somos iguales, ¿no es así, Caín?
Madre, padre e hijo, todas nuestras facciones
se reflejan en los otros, tal como lo hacen
sobre las claras aguas cuando están calmas,
y cuando tú estás calmo. ¡Oh, ámanos, Caín!
¡Y ámate a ti mismo por nosotros, pues te amamos!
Mira cómo ríe y estira sus brazos hacia ti,
cómo abre enormes sus ojos azules, que miran a los tuyos,
para saludar a su padre, mientras su diminuta figura
se agita como alada por la alegría. ¡No hables de dolor!
Bien te envidiarían los querubines sin hijos
tus placeres de padre. ¡Bendícelo, Caín!,
pues aún no tiene palabras para agradecerte,
pero su corazón lo desea, y el tuyo también.

CAÍN

¡Te bendigo, niño!, si es que una bendición mortal puede
servir para salvarte de la maldición de una serpiente.

Adah

Lo hará. Sin duda la bendición de un padre
puede vencer la sutileza de un reptil.

Caín

Lo dudo, pero,

no obstante ello, lo bendigo aún.

Adah

Ahí viene nuestro hermano.

Caín

Tu hermano Abel.[1]

*(Entra Abel.)*

Abel

¡Bienvenido, Caín! ¡Que la paz

de Dios esté contigo, hermano!

Caín

Salud, Abel.

Abel

Nuestra hermana me dijo que has estado vagando,
en alta comunión con un espíritu, mucho más allá
de nuestro alcance usual. ¿Era él de aquellos a los que hemos
visto y hablado siempre, similares a nuestro padre?

Caín

No.

Abel

¿Y por qué relacionarte entonces con él? Podría ser

un enemigo del Altísimo.

Caín

Y un amigo del hombre.

¡Si tal hubiese sido el Altísimo, como tú lo llamas...!

Abel

¿«Lo llamas»? Tus palabras son extrañas hoy, hermano.
Adah, hermana mía, déjanos solos por un momento:
vamos a ofrecer un sacrificio.

---

[1] Confróntese de aquí al final con Génesis, 4, vers. 1-16.

ADAH

   Adiós, mi Caín;
mas abraza antes a tu hijo. ¡Que su suave espíritu
y el piadoso ministerio de Abel te devuelvan
a la paz y la santidad!

*(Sale ADAH con el niño.)*


ABEL
¿Dónde has estado?

CAÍN

No lo sé.

ABEL
¿Ni tampoco qué es lo que has visto?

CAÍN

Lo muerto, lo inmortal, lo ilimitado, lo omnipotente,
los subyugantes misterios del espacio,
los innumerables mundos que fueron y son,
un torbellino de cosas tan abrumadoras,
soles, lunas y mundos con sus rugientes esferas
cantando en truenos a mi alrededor, que me ha dejado
incapacitado para la conversación mortal. Déjame, Abel.

ABEL

Tus ojos brillan con una luz inusitada,
tus mejillas están encendidas con un matiz anormal,
tus palabras brotan con un sonido inhumano...
¿qué puede esto significar?

CAÍN
  Significa... te ruego que me dejes.

ABEL

No en tanto no hayamos rezado y sacrificado juntos.

CAÍN

Abel, te lo ruego, haz tu sacrificio solo:
Jehová te quiere bien.

ABEL
Bien a ambos, espero.

CAÍN

Pero a ti más, cosa que no me importa,
pues tú eres más apto que yo para adorarlo.
Venéralo, pues; pero que sea solo...
al menos, sin mí.

ABEL

Hermano, mal merecería
yo recibir el nombre de hijo de nuestro gran padre
si no te venerase como mi hermano mayor
y si, en la adoración a nuestro Dios, no te llamase
para que te unieses a mí y me precedieses
en nuestro sacerdocio: es tu lugar.

CAÍN

Pero jamás

lo he yo tomado.

ABEL

Por lo cual mayor es mi pena.
Te suplico que lo hagas hoy: tu alma parece sacudida
tras algún duro desengaño; esto te calmará.

CAÍN

No, nada puede calmarme ya. ¿Dije calma?
Jamás supe yo lo que la calma en el espíritu era,
aunque he visto a los elementos aquietarse. Abel, déjame,
o permíteme al menos dejarte en tus piadosos propósitos.

ABEL

Ni lo uno ni lo otro: haremos nuestra tarea juntos.
No me rechaces...

CAÍN

Si así debe ser... bien, entonces.
¿Qué tengo que hacer?

ABEL

Elige uno de los dos altares.

CAÍN

Elige mejor tú: para mí son sólo un montón de césped
y piedra.

ABEL

No, elige tú.

CAÍN

He elegido.


ABEL

                              Es el más alto,
y te conviene, siendo el mayor. Ahora prepara
tus ofrendas.


CAÍN

¿Dónde están las tuyas?


ABEL

                              Helas aquí,
las primicias del rebaño, y por ello las piezas más gordas,
la humilde ofrenda de un pastor.


CAÍN

                         Yo no tengo rebaño;
soy un labrador de la tierra y debo ofrecer
lo que esta ofrece a mis labores: sus frutos.


                                        *(Recoge frutos.)*


Contémplalos en sus diversos grados de madurez.


        *(Preparan sus altares y encienden un fuego sobre ellos.)*


ABEL

Hermano, ofrece primero, como el mayor, la plegaria
y el agradecimiento que acompañan al sacrificio.


CAÍN

No, yo soy nuevo en esto; muestra tú el camino
y yo te seguiré... como pueda.


ABEL *(arrodillándose)*
                    ¡Oh, Dios!,
tú que nos hiciste y que soplaste el aliento de la vida
en nuestras bocas; tú que nos has bendecido
y que te has guardado, a pesar del pecado de mi padre,
de perder a todos sus hijos, como deberías haber hecho
si tu justicia no hubiese sido temperada de tal manera,
por esa misericordia que es tu mayor deleite,
como para concedernos un perdón que parece
un paraíso comparado con nuestros grandes crímenes;
¡único Señor de la luz, la bondad, la gloria y la eternidad!,

sin el cual todo sería mal, y gracias a quien
nada puede errar, excepto para algún justo fin
de tu omnipotente benevolencia,
fin inescrutable, pero que aún se cumplirá;
acepta de este humilde primero de los pastores
las primicias de los primeros rebaños, una ofrenda
que no es nada en sí, pues ¿qué ofrenda puede
ser algo ante ti?, mas acéptala aún por el agradecimiento
de aquel que la esparce en el rostro
de tus altos cielos, mientras inclina el suyo
hasta el mismo polvo del cual está hecho, en honor
a ti y a tu nombre por los siglos de los siglos.

       Caín *(manteniéndose de pie durante todo su discurso)*
¡Espíritu!, lo que quiera o quien quiera que seas,
omnipotente... puede ser, y, si bueno,
mostrado sólo en la exclusión del mal en tus actos;
¡Jehová sobre la Tierra y Dios en el Cielo!,
y puede ser que tengas otros nombres,
pues tus atributos parecen muchos, como tus obras:
si puedes ser propiciado mediante plegarias,
¡tómalas!; si puedes ser inducido por altares
y aplacado por medio de sacrificios, ¡recíbelos!;
dos seres los han erigido aquí para ti.
Si amas la sangre, en el ara del pastor, que humea
a mi derecha, esta se ha derramado, para tu servicio,
de los primogénitos de su rebaño, cuyos miembros
vahean en sanguinario incienso hacia los cielos;
y si los dulces y florecientes frutos de la tierra
y de las estaciones más benévolas, a los que sobre
el césped sin manchas esparcí como ofrendas
bajo el rostro del amplio sol que los maduró,
te placen más, puesto que no han sufrido
en sus miembros o vida y forman mejor
un ejemplo de tus obras que las súplicas
de mirarnos, si un altar sin víctimas
o un ara sin sangre puede ganar tu favor,
¡míralo! Y en cuanto a aquel que lo preparó,
él es... tal como tú lo hiciste, y no busca
nada que deba ser ganado de rodillas;
si es malvado, ¡golpéalo!: tú eres omnipotente
y puedes, pues ¿qué puede oponérsete?; y si es bueno,
¡golpéalo!, o perdónalo, como quieras, puesto que todo
descansa en ti y que el bien y el mal no parecen
tener poder alguno en sí, salvo según tu voluntad,
y si eso es bueno o malo no lo sé,
no siendo yo omnipotente ni capaz de juzgar

la omnipotencia, sino meramente de soportar
sus mandatos, los cuales hasta ahora he soportado.

*(El fuego sobre el altar de Abel se enciende
en una columna de brillante llama y asciende al cielo,
mientras que un torbellino derriba el altar de Caín
y esparce todos sus frutos por el suelo.)*

ABEL *(arrodillándose)*
¡Oh, hermano, reza! ¡Jehová está enojado contigo!

CAÍN
¿Por qué dices eso?

ABEL
¡Tus frutos han caído al suelo!

CAÍN
Del suelo vinieron: que a él, pues, retornen;
sus semillas darán allí frescos frutos antes del verano.
Tu ofrenda de carne quemada prospera mejor; ¡mira
cómo ascienden al cielo las llamas cuando espesas con sangre!

ABEL
¡No pienses en la aceptación de mi ofrenda,
sino en hacer nuevamente una tuya antes de que sea
demasiado tarde!

CAÍN
No construiré más altares...
ni toleraré ninguno.

ABEL *(levantándose)*
¡Caín!, ¿qué quieres decir?

CAÍN
Que derribaré aquel vil adulador de las nubes,
el humeante heraldo de tus estúpidas plegarias...
tu altar, con su holocausto de pequeños corderos,
alimentados con leche para ser destruidos en sangre.

ABEL *(oponiéndose)*
¡No lo harás!, ¡no añadas acciones impías a impías
palabras! Deja el altar en pie: está santificado
por el inmortal placer de Jehová ahora,
en su aceptación de las víctimas.

CAÍN

¡*Su* aceptación!
¡*Su* placer! ¿Qué puede ser su alto placer en los humos
de la carne abrasada y la sangre humeante en comparación
con el dolor de las madres que, balando acongojadas,
aún esperan ver a sus muertas crías, o con las agonías
de las ignorantes y sufrientes víctimas bajo el piadoso
cuchillo? ¡Hazte a un lado! Ese monolito sangriento
no permanecerá bajo el sol para avergonzar a la creación.


ABEL

¡Retrocede, hermano: no tocarás mi altar
con la violencia! Si lo quieres adoptar
para intentar otro sacrificio, es tuyo.


CAÍN

¡Otro sacrificio! ¡Hazte a un lado, o si no
ese sacrificio será...!


ABEL

¿Qué intentas decir?


CAÍN

¡Hazte...
hazte a un lado! Tu Dios ama la sangre: ¡recuérdalo!
¡Hazte a un lado antes de que tenga más!


ABEL

En su gran
nombre, me mantendré entre tú y el altar que ha
obtenido su aceptación.


CAÍN

Si amas tu ser, apártate
hasta que haya esparcido esos pastos de vuelta
en su suelo nativo, o si no...


ABEL (*oponiéndose*)
Amo a Dios mucho más
que a la vida.


CAÍN (*golpeándolo en la sien con un leño que toma del altar*)
¡Entonces llévale tu vida a tu Dios,
puesto que él ama las vidas!


ABEL (*cayendo*)
¿Qué has hecho, hermano?

CAÍN

¡Hermano!

ABEL

    ¡Oh, Dios!, recibe a tu sirviente, y perdona
a su asesino, pues no sabía lo que hacía.
Caín, dame... dame tu mano, y dile
a la pobre Zillah...

CAÍN (tras un momento de estupefacción)
¡Mi mano!, está toda roja y con...

¿con qué?

(Una larga pausa; mira lentamente a su alrededor.)

    ¿Dónde estoy? ¡Solo! ¿Dónde está Abel?,
¿dónde Caín? ¿Puede ser que yo sea él? ¡Hermano mío,
despierta! ¿Por qué yaces así en la verde hierba?
No es la hora de la siesta. ¿Por qué estás tan pálido?
¿Qué tienes? Estabas lleno de vida esta mañana...
¡Abel, te lo ruego, no bromees conmigo! Te golpeé
con demasiada fiereza, es cierto, pero no mortalmente.
¡Ay!, ¿por qué querías oponerte? Esto es una broma,
sólo realizada para asustarme; fue un golpe, nada más
que un golpe. ¡Muévete, muévete!... vamos, sólo muévete.
Así... ¡ya está bien! Respiras... ¡vamos, respira sobre mí!
¡Oh, Dios! ¡Oh, Dios!

ABEL (muy débilmente)
¿Quién es el que habla de Dios?

CAÍN

Tu asesino.

ABEL

    Entonces que Dios lo perdone. Caín,
consuela a la pobre Zillah: ella tiene un solo hermano ahora.

(ABEL muere.)

CAÍN

¡Y yo ninguno! ¡Oh!, ¿quién me ha dejado sin hermano?
Sus ojos están abiertos... ¡entonces no está muerto!
La muerte es como el sueño, y el sueño los cierra.
Sus labios, también, están separados... ¡entonces respira!
Y sin embargo no percibo respiración alguna. ¡Su corazón,

su corazón!, dejadme ver si late. Creo que... no... no.
Esto es sólo una visión, o, de lo contrario, es que me he vuelto
el habitante de otro mundo, de un mundo peor. La tierra
gira a mi alrededor. ¿Qué es esto?, es algo húmedo...
y sin embargo no está cayendo rocío.

*(Lleva su mano a la frente de Abel y luego la mira.)*

¡Es sangre,
mi sangre, la de mi hermano y mía!, ¡y derramada por mí!
Entonces, ¿qué tengo que ver yo con la vida desde ahora,
si he arrebatado la vida de mi propia carne?
¡Pero no puede estar muerto! ¿Es el silencio la muerte?
No; despertará, de modo que velaré hasta entonces junto a él.
¡La vida no puede ser tan frágil como para ser apagada
tan rápidamente! Él me ha hablado después de eso.
¿Qué le diré cuando despierte? Hermano mío...
No, no responderá a ese nombre, pues los hermanos
no se golpean entre sí. Mas... mas... ¡háblame!
¡Oh, lo que daría por una palabra más de esa dulce voz,
de modo que pueda soportar volver a oír la mía otra vez!

*(Entra* Zillah.*)*

Zillah

Oí un fuerte golpe hace un rato; ¿qué pudo ser?
Es Caín, velando de pie junto a mi hermano.
¿Qué haces allí, hermano? ¿Está dormido? ¡Oh, por el Cielo!
¿Qué significa esa palidez, y aquel arroyo...? ¡No, no!
¡No puede ser sangre!, pues ¿quién derramaría su sangre?
¡Abel! ¿Qué es esto? ¿Quién ha hecho esto? No se mueve
ni respira siquiera, y su mano cae de entre las mías
exánime como una piedra. ¡Ay!, ¡cruel Caín!,
¿cómo es que no llegaste a tiempo para salvarlo
de esta violencia? Lo que sea que lo haya atacado,
tú eras el más fuerte y debiste interponerte con firmeza
entre él y su agresor. ¡Oh! ¡Padre mío!, ¡Eva!,
¡Adah!, ¡vengan, vengan! ¡La muerte está en el mundo!

*(Sale* Zillah, *llamando a sus parientes.)*

Caín *(solo)*

¿Y quién fue el que la trajo? Yo, yo, que aborrezco
su nombre tan profundamente que su solo pensamiento
envenenó toda mi vida, aun antes de conocer

su aspecto. Yo la conduje hasta aquí y llevé
a mi hermano a su gélido y silencioso abrazo,
como si no hubiese podido él acudir
a su inexorable llamado sin mi ayuda.
He despertado al fin; un sueño espantoso
me ha enloquecido... ¡pero él ya no despertará nunca más!

*(Entran ADÁN, EVA, ADAH y ZILLAH.)*

ADÁN

La afligida voz de Zillah me trae aquí.
Pero ¿qué veo? ¡Es verdad! ¡Mi hijo, mi hijo!
¡Eva, contempla tu obra y la de la serpiente!

EVA

¡Ay, no hables de ello ahora: los colmillos de ese reptil
están clavados en mi corazón! ¡Oh, Abel, mi favorito!
¡Jehová, este es un castigo que está más allá
del pecado de una mujer: quitármelo justo a él!

ADÁN

¿Quién o qué hizo esto? ¡Habla, Caín, puesto que tú
estabas presente! ¿Fue algún ángel hostil de aquellos
que no caminan con Jehová? ¿O fue alguna salvaje
bestia de los bosques? ¡Habla!

EVA

                ¡Ay, una lívida luz
se abre paso como de entre negras nubes de tormenta!
¡Aquel leño, grande y sangriento, tomado del altar,
negro por el fuego y rojo por...!

ADÁN

                ¡Habla, hijo!
¡Habla y aseguranos, miserables como somos,
que no somos más miserables aún!

ADAH

¡Habla, Caín, y di que no fuiste tú!

EVA

                Fue él.
Ahora lo veo: deja caer su cabeza culpable
y cubre sus feroces ojos con manos teñidas
de sangre.

ADAH
Madre, estás siendo injusta con él...
¡Caín, límpiate de esta horrible acusación
que el dolor arranca a nuestros padres!

EVA
¡Jehová, escucha!
¡Que la eterna maldición de la serpiente caiga sobre él,
puesto que era más apropiado para su estirpe que para
la nuestra! ¡Que todos sus días sean desolados! ¡Que...!

ADAH
¡Basta! ¡No lo maldigas, madre, pues es tu hijo!
¡No lo maldigas, madre, pues es mi hermano
y mi esposo!

EVA
Él te ha dejado a ti sin hermano,
a Zillah sin esposo... ¡y a mí sin hijos! ¡Pues lo maldigo
y lo condeno a alejarse de mi vista para siempre!
¡Rompo todos los lazos entre nosotros, así como él rompió
los de la naturaleza en aquel...! ¡Oh, muerte, muerte!,
¿por qué no me llevaste a mí, que te contraje primero?
¿Y por qué sigues sin hacerlo ahora?

ADÁN
¡Eva!, no dejes
que tu natural aflicción te conduzca a la impiedad.
Una pesada condena nos fue predicha hace tiempo;
ahora que comienza, tratemos de sobrellevarla
de tal manera como para mostrarle a nuestro Dios
que somos fieles sirvientes de su santa voluntad.

EVA *(señalando a Caín)*
¡*Su* voluntad!, ¡la voluntad de aquel encarnado espíritu
de la muerte, a quien he traído a la tierra
para que la siembre de muertos! ¡Que todas las maldiciones
de la vida caigan sobre él! ¡Que sus agonías
lo conduzcan hacia las desolaciones, como a nosotros
del Edén, hasta que sus hijos le hagan a él
lo mismo que él le hizo a su hermano! ¡Que las espadas
y las alas de los ardientes querubines lo persigan
noche y día, las serpientes broten en su camino,
los frutos se vuelvan cenizas en su boca y las hojas
sobre las cuales recueste su cabeza para dormir se plaguen
de escorpiones! ¡Que sus sueños sean sólo sobre su víctima,
y sus vigilias un continuo miedo de morir!

¡Que los claros ríos se vuelvan sangre cuando se incline
para mancharlos con sus labios ansiosos! ¡Que todos
los elementos le rehúyan o cambien ante él!
¡Que viva en las agonías con las que los demás mueren,
y que la muerte misma se derrita a algo peor que la muerte
para aquel que fue el primero en familiarizarla con los hombres!
¡Vete, fratricida! Ese será el significado de «Caín» desde hoy
y a través de todas las miríadas de futuras generaciones,
que te aborrecerán, aun cuando hayas sido su padre.
¡Que el pasto se marchite bajo tus pies, los bosques
te nieguen refugio; la tierra, hogar; el polvo,
sepulcro; el día, su luz; y el Cielo, su Dios!

*(Sale Eva.)*


ADÁN

Caín, vete de aquí: no seguiremos viviendo juntos.
Parte y déjame el muerto a mí... Desde este momento
quedo solo: ya no habremos de vernos nunca más.


ADAH

¡Oh, no te separes de él así, padre mío: no añadas
otra profunda maldición sobre su cabeza a la de Eva!


ADÁN

No lo maldigo: su propio espíritu será su maldición.
Vamos, Zillah.


ZILLAH

Debo velar junto al cadáver de mi esposo.


ADÁN

Retornaremos en breve, cuando se haya ido aquel
que nos ha provisto este espantoso oficio.
¡Zillah, vamos!


ZILLAH

Pero un beso aún sobre aquella pálida arcilla
y esos labios alguna vez tan cálidos... ¡oh, mi... mi corazón!

*(Salen ADÁN y ZILLAH, llorando.)*


ADAH

Ya has oído, Caín: debemos irnos. Yo estoy lista,
y así lo estarán nuestros hijos. Yo llevaré a Enoch

y tú a su hermana. Partamos antes de que el sol
decline más, a fin de no caminar por las desolaciones
bajo las tristes sombras de la noche. Vamos, dime algo,
a mí, que soy tuya.

CAÍN

¡Déjame!

ADAH

Ya todos lo han hecho.

CAÍN

¿Y por qué te demoras tú? ¿No temes acaso
la idea de morar con quien ha hecho esto?

ADAH

No temo nada excepto perderte, por mucho
que me encojo ante la acción que te ha dejado sin hermano.
Mas no debo hablar de esto: queda entre tú
y el poderoso Dios.

(Una voz exclama.)
¡Caín! ¡Caín!

ADAH

¿Oyes esa voz?

(La voz.)

¡Caín! ¡Caín!

ADAH

Suena como la voz de un ángel.

(Entra el Ángel del Señor.)

EL ÁNGEL

¿Dónde está tu hermano Abel?

CAÍN

¿Acaso soy
el custodio de mi hermano?

EL ÁNGEL

¡Caín!, ¿qué has hecho?
La voz de la sangre de tu hermano asesinado llega clamando,
aun desde el suelo, hasta el Señor. Ahora estás

maldito sobre la tierra, que abrió su boca para sorber
esa sangre vertida por tu temeraria mano.
De ahora en más, cuando labres el suelo,
este no te cederá su fuerza; un fugitivo serás
desde este día y un vagabundo en la tierra.

Adah

Este castigo es más de lo que él puede soportar.
Observa que lo alejas del rostro de la tierra
y que del rostro de Dios deberá esconderse.
Siendo un fugitivo y un vagabundo en el mundo,
puede suceder que aquel que lo encuentre lo mate.

Caín

¡Desearía que lo hiciesen!; mas ¿quiénes podrían
matarme? ¿Dónde están ellos en la solitaria tierra
que aún no ha sido poblada?

El Ángel

        Has matado a tu hermano,
pero ¿quién podrá asegurarte contra tus hijos?

Adah

¡Oh, ángel de luz!, ten misericordia y no digas
que este pobre y dolorido pecho alimenta ahora
a un asesino en mi hijo, y de su propio padre.

El Ángel

Sólo sería entonces lo que su padre ya es.
¿No dio acaso alimento la leche de Eva
a aquel a quien ahora ves empapado en sangre?
El fratricida bien puede engendrar parricidas.
Mas no será así; el Señor, tu Dios
y el mío, me ordenó poner su sello en Caín
para que pueda vagar fuera de peligro por la tierra.
Aquel que lo matase soportaría una venganza
siete veces mayor sobre su cabeza. ¡Acércate!

Caín

¿Qué quieres de mí?

El Ángel

        Poner sobre tu frente una señal
que te exima de acciones similares a la que tú has realizado.

Caín

¡No, déjame morir!

El Ángel

Tal cosa no es posible.

*(El Ángel pone su marca sobre la frente de Caín.)*

Caín

Quema mi frente,
pero no es nada comparado con aquello en su interior.
¿Hay más? Dejadme arrostrarlo todo como pueda.

El Ángel

Duro has sido y difícil desde el vientre de tu madre,
como el suelo que deberás desde ahora labrar; pero aquel
a quien mataste era manso como los rebaños que cuidaba.

Caín

Fui engendrado demasiado pronto tras la Caída,
antes de que la mente de mi madre se olvidase
de la serpiente, y mientras mi padre aún lloraba el Edén.
Aquello que soy, soy; no busqué yo la vida,
ni me hice a mí mismo; mas si tan sólo pudiese
con mi propia muerte redimirlo a él del polvo...
¿Y por qué no? Dejadlo retornar al día
y que yo yazga cadavérico; así será devuelta
por Dios la vida a aquel a quien amaba
y quitado de mí un ser que nunca amé cargar.

El Ángel

¿Quién podrá curar la muerte? Lo hecho, hecho está.
¡Parte, completa tus días, y que tus futuras acciones
sean distintas a la última!

*(El Ángel desaparece.)*

Adah

Se ha ido; vamos,
oigo a nuestro pequeño Enoch llorar
en nuestra morada.

Caín

¡Ay!, poco sabe por qué llora. ¡Y yo,
que derramé sangre, no puedo derramar lágrimas!
Pero ni los cuatro ríos limpiarían mi alma...
¿Crees que mi hijo podrá soportar mirarme?

ADAH

Si creyese que no, yo...


CAÍN *(interrumpiéndola)*
No, no más
amenazas: hemos oído demasiadas ya.
Ve a buscar a nuestros hijos; yo te seguiré.


ADAH

No te dejaré aquí solo con el cadáver:
vayamos juntos.


CAÍN

¡Oh, tú, testigo muerto
y eterno, cuya sangre, que el suelo no absorbe,
oscurece la tierra y el cielo!: qué es lo que eres ahora,
no lo sé, pero, si pudieses ver lo que soy yo,
creo que me perdonarías, a aquel a quien su Dios
no podrá nunca perdonar, ni su alma aun. ¡Adiós!
No debo... no me atrevo a tocar aquello que te he vuelto.
Yo, que nací del mismo vientre que tú, que bebí
del mismo pecho, que te abracé a menudo contra el mío,
en el afecto fraternal de hermanos y de muchachos,
no te podré ver nunca más, ni me atrevo siquiera
a hacer por ti lo que sin duda tú habrías hecho por mí:
componer tus miembros cuidadosamente en una tumba,
la primera tumba cavada por la humanidad. Mas ¿quién es
el que ha cavado esa tumba? ¡Oh, tierra, tierra!,
¡por todos los frutos que me has dado
yo te devuelvo esto...! Ahora, hacia las desolaciones.


*(ADAH se inclina y besa el cadáver de Abel.)*


ADAH

¡Una espantosa y demasiado temprana condena, hermano,
ha sido tu destino! De todos aquellos que se lamentan
por ti, sólo yo no debo llorar. Desde ahora mi oficio
es secar lágrimas y jamás derramarlas; pero, aun así,
de todos aquellos que se lamentan por ti, nadie lo hace
como yo, no sólo por ti, sino también por aquel que te mató.
¡Vamos, Caín! Yo llevaré parte de tu carga.


CAÍN

Hacia el este del Edén habremos de caminar:
es la parte más desolada y conviene más a mis pasos.

ADAH

¡Condúceme!; tú serás mi guía... y que nuestro Dios
sea el tuyo. Vamos, tomemos a nuestros hijos.

CAÍN

¡Y aquel que yace allí murió sin ninguno!
He secado la fuente de una dulce raza,
que habría agraciado su reciente matrimonio
y que habría temperado esta dura sangre mía
en la unión de nuestros hijos con los suyos.
¡Oh, Abel...!

ADAH

Que la paz sea con él.

CAÍN

Y conmigo.

*(Salen.)*

TELÓN

# ÍNDICE

www.ingramcontent.com/pod-product-compliance
Lightning Source LLC
Chambersburg PA
CBHW071149130726
47998CB00002B/451